暁に立つ

ロバート・B・パーカー
山本 博訳

Hayakawa Novels

暁に立つ

SPLIT IMAGE
by
Robert B. Parker
Copyright © 2010 by
Robert B. Parker
Translated by
Hiroshi Yamamoto
First published 2010 in Japan by
Hayakawa Publishing, Inc.
This book is published in Japan by
arrangement with
The Estate of Robert B. Parker
c/o The Helen Brann Agency, Inc.
through Tuttle-Mori Agency, Inc., Tokyo.

もちろんジョウンに
そしてスティーヴン・F・オローリン・ジュニアにも

登場人物

ジェッシイ・ストーン……………………パラダイスの警察署長

モリイ・クレイン
スーツケース・シンプソン
ピーター・パーキンズ
アーサー・アングストロム
……………パラダイス警察の署員

シェリル・デマルコ……………………18歳の少女

ジョン・マーカム……………………シェリルの父

エルザ……………………………………シェリルの母

〝パトリアーク〞…………………………〈再生の絆《ボンド・オブ・リニューアル》〉の運営者

ペトロフ（ピーティ）・オグノフスキー……死んでいた男。レジーの手下

ニコラス…………………………………ペトロフの父

ナタリア…………………………………ペトロフの妻

レジー・ガレン…………………………ギャングのボス

レベッカ（ベッカ）……………………レジーの妻。ロベルタの姉

ボブ・デイヴィス
ノーミー
……………………レジーの手下

フランシス（ノッコ）・モイニハン…………ギャングのボス

ロベルタ（ロビー）……………………ノッコの妻。レベッカの妹

レイ・マリガン…………………………ノッコの手下

リタ・フィオーレ………………………弁護士

ヒーリイ…………………………………州警察の警部

サニー・ランドル………………………私立探偵

スパイク…………………………………サニーの友人

スーザン・シルヴァマン………………精神科医

ディックス………………………………ジェッシイのカウンセラー

1

モリイ・クレインが、ジェッシイのオフィスの開け放したドアから顔をのぞかせて言った。「ストーン署長、ボストンの探偵さんがお目にかかりたいそうです」

「お通ししろ」

「女性ですけど」

「じゃあ、大歓迎だ」

モリイがニヤニヤしながら脇によると、サニー・ランドルが入ってきた。麦わらのショルダーバッグを肩にかけ、グリーンの袖無しのトップに白いパンツ、色をコーディネートさせたスニーカーをはいている。

「ワオ」ジェッシイが言った。

「いい反応だわ」サニーはそう言って腰をかけた。

「しかも正しい反応だ。そのパンツをはくのは楽じゃなかったろう」

「誰のためかしら?」

ジェッシイがにっこりした。

「ドアを閉めようか？」

「いいえ。実は仕事で来たの」

「仕事ばかりで遊びはなし」

「それはあとでするわ」

「希望がもてるな」

「そのつもりで言ったの。ところで、パラダイスに〈再生《リニューアル》〉という小さな宗教組織があるんだけど、知ってる？　〈再生の絆《ボンド・オブ・リニューアル》〉ともいってるけど？」

「俺は署長だからな。何でも知ってるさ」

「だから、来たのよ」

　サニーが微笑した。

「〈リニューアル〉について教えて」

「場所は町の波止場の近く。しゃれた家だ。教団の長老《エルダー》の一人が所有。全員が共同生活。教祖《パトリアーク》と名乗る人物が運営。四十歳ぐらい。髪はグレイだが、モリイ・クレインは、不自然だと言ってる」

「グレイに染めているってこと？」

「モリイに言わせればね」ジェッシイが言った。「長老と呼ばれる者が二人いる。君ぐらいの年齢かな」

「何ですって」

「あまり長老っぽくないがな」

「なら、いいわ」

「あとは、ほとんど子どもだ。と言っても、俺の見る限り、みんな自分のしたいことはできる年齢だ」

「どんなことをしているの？」

「説教、チラシの配布、戸別訪問による資金集め」

「特に信じていることはあるの？」

「お気に入りは〝リニューアル〟」

「いったいどういうこと？」

ジェッシイがニヤッとした。

「キリスト教創設当時の意図を再生すること。少なくとも彼らはそう理解している。愛とか平和とかね」

「ワオ」サニーが言った。「危険な思想だわ」

「そう。町の連中はやつらを気に入らなくて、俺に追い出してもらいたがっている」

「まだやってないわけね」

「犯罪行為をしているわけじゃないからな」

「じゃあ、どんな苦情が出ているの？」

「この町の住民らしくない。それに、ちょっとみすぼらしい」

「街頭で説教をするの？」

「する」

「ちょっとうるさいかもしれないわね」

「そうなんだ。うるさい。しかし法を犯しているわけじゃない」

「しかも、あなたは憲法にこだわっている」

「保守的だからな」

「町議会は理解しているの?」

「してないと思う」

「町議会が何を理解するか、あなたとしては気になるでしょう」

「あまり」ジェッシイが言った。

二人はしばらく沈黙した。沈黙は心地よかった。

「なぜこんな事をきくのか知りたい?」しばらくしてサニーが言った。

「ああ」

「でも、きくほどのこともないってわけね」

「だって、どうせ話してくれるんだろう」

2

スーツケース・シンプソンは、パラダイス警察のパトカーでパラダイス・ネックに通じる土手道を走っていた。太陽が右側の外洋と左側の港でまばゆく反射している。外洋のほうが港よりキラキラ反射すると思っているのだが、ジェッシイにそう言うと、いつも笑われてしまう。だから、もう言わないことにしたが、実は、まだそう思っている。

その時は七時から二時までの朝番で、スーツが海岸に沿った町の東半分を、アーサー・アングストロムが西半分を担当していた。正午だった。キャデラック・エスカレードが道端に曲がって止めてあった。ちょうどパラダイス・ネック側の土手道を過ぎたところだ。スーツは、その車の後ろに駐車し、外に出た。車には誰もおらず、キーも見当たらなかった。ドアに触ってみると、ロックされていなかった。乗り込んで運転席に座った。グローブ・ボックスを開けた。車の登録はペトロフ・オグノフスキーになっている。グローブ・ボックスの中にボタンがあったので、後部ドアを開けた。それから、車を降りて、覗いてみた。

男の死体があった。

後頭部は乾いた血で黒くなっている。男の首の脈を探った。なかった。皮膚は冷たかった。スーツはパトカーに戻り、電話を入れた。

「モリイ？　スーツだ。キャデラックSUVのトランクで死体を発見。土手道のネック側を出たところだ」

「救急車を呼ぶ？」モリイが答えた。

「間違いなく死んでると思うけど、呼んでも困ることはないだろう。ジェッシイはどこだ？」

「今いないわ」モリイが言った。「見つけたらすぐそっちに行ってもらうわね」

「わかった」

「死体は誰？」

「車はペトロフ・オグノフスキーの登録になっているが、死体がその人物かはわからない」

「まだ身体検査はしていないのね」

「まだだ」

「わかったわ」モリイが言った。「みんなで行くから」

最初に来たのはアーサーだった。スーツの車の後ろにパトカーを止めると、歩いて来てトランクを覗いた。

「後頭部がメチャクチャだ」アーサーが言った。

「そこを撃たれたんだろう」スーツが言った。

「見事な推理だ、スーツ」

シンプソンがニヤリとした。

「しかし、銃弾の出口が見えない」とスーツ。

「だから？」

「ただ、観察しているだけだ」

二人の後ろ、土手道のパラダイス側からサイレンが聞こえて来た。

「身体検査はしたのか?」アーサーがきいた。

「その道の専門家がいるじゃないか」

「もちろん、州の検視官が全部調べるさ」

「だから、検視官に検査させればいいだろう?」スーツが言った。「お前がやりたいなら別だが」

「身体検査をか?」

「ああ」

「検視官にやってもらおう」アーサーが言った。

サイレンの音が弱まり、救急車が止まった。救急医療隊員が二人出て来た。一人は女性だ。名前はアニー・ロペス。

「何なの?」

「殺人らしいんだ」アーサーが言った。

スーツが続けた。「自分で自分の頭を撃ってから、トランクに入って後部ドアを閉めたのでなければね」

「発見した時はそういう状態だったのね?」

「ああ」

二人の救急医療隊員が死体を見に行った。アニーは片手を死体の首に当て、それから、顔の上に置いた。死体の右手を上げてから落とした。

「もう硬直しはじめているわ」

「じゃあ、死んでいるんだ」

「たいていは死んでるわね、硬直していると」

もう一人の救急医療隊員はラルフという男だった。

「キーは？」ラルフがきいた。

「なかった」

「どうやってトランクを開けたんだ？」

「車はロックされてなかった」スーツが言った。「トランクはポンと開けたよ」

アニーが小さく笑った。

「すごい」

「警察官には警察官のやり方があるのさ」スーツが言った。

土手道からまたサイレンの音が聞こえて来た。

3

「〈リニューアル〉の会員にシェリル・デマルコという子がいるの。十八歳になったばかり。両親が私に彼女を連れ戻してほしいというの」

「その子が脱会したいかどうかに関係なく?」ジェッシイが言った。

「彼女が脱会したくなければ、私ができることはあまりないと説明したけど」サニーが言った。

「それで?」

「力ずくでも連れ戻せる人を知らないかときかれたわ」

「もちろん、君は知っている」

「知らないと言った」

「罪のない嘘だな」

サニーがにっこりした。

「そうよ。誘拐の共謀はしたくなかったから」

「両親のことは心に留めておこう」ジェッシイが言った。「その子が行方不明になった場合のために」

「強要されることはなかったわ。彼女を見つけて話をしてくれればいいと」

「〈リニューアル〉は秘密組織ではないんだ。どこで娘を探したらいいのか、どうしてわからないんだろう？」

「何となく恐ろしいんじゃないの」

ジェッシイがうなずいた。

「〈リニューアル〉が危険だと思う理由はある？」サニーが言った。

「いや」

「人は理解できないものを怖がるでしょう」

「そうだな」

「私が他に何を考えているかわかる？」

「いや、わからないね」

サニーが顔をしかめた。

「両親は娘を怖がっていると思うの」彼女が言った。

「物理的に？」

サニーは首を振って言った。

「いいえ。自分たちに怒りを向けないでほしいのよ」

「もうすでに怒っているんじゃないのか」ジェッシイが言った。

「家を出て、異端な宗教グループに入ったから？」

「ある種の怒りがあるように思えるんだ」

「反抗？　そうかもしれないわね。当然なのかも」

「たぶん」ジェッシイが言った。

「ありがとう。おかげさまで助かったわ」

「どういたしまして」

「で、このグループはどこにいるの？」サニーが言った。

「〈グレイ・ガル〉の近くだ。連れて行ってやろう」ジェッシイが言った。

サニーが腕時計を見た。

「あら、いつの間にか時間が。お昼よ」サニーが言った。

「ランチか？」

「とにかく、〈グレイ・ガル〉の近くなのよね」

「そうだ」

「ランチを食べてから、〈リニューアル〉に行けばいいわ」

「スパイクは、ランチタイムに店に出るのか？」

「スパイクには、ちょっと早すぎるわね。でも、あなたと私で充分よ」

「君がランチ間際に現われるなんておかしいぞ」

「タイミングをはかるのが得意なの」サニーが言った。「嫌かしら？」

「いや」ジェッシイが言った。「好きさ」

4

二人はアイスティーとロブスター・ロールをとった。ジェッシイはフレンチフライも食べたが、サニーは食べなかった。テーブルの向かいに座ったサニーは、ジェッシイをじっくりと見た。かなりいい男。リッチーみたい。身体が引き締まっていて優雅。すべての動きが正確でゆったりしている。すべてが完璧に融和しているみたい、とサニーは思った。

「ジェンから何か言ってきた?」

ジェッシイが首を振った。

「連絡を絶っているんだ」

「本当に行ってしまったの?」サニーがきいた。

「本当に行ってしまった」

「どんな感じ?」

ジェッシイが首を振った。

「君とディックスは同じだな」彼が言った。「俺たち、精神分析の受けすぎだよ」

「うまく話をそらしたわね」

ジェッシイがうなずいた

「わかったよ。お望みなら話してあげよう。でも、あとで、君もリッチーのことを話してくれるだろうな」

「まあ、手強いわね」

「もちろん。警察署長だからな」

ジェッシイがフレンチフライを食べた。

「わかったわ」サニーが言った。

ジェッシイがうなずいた。

「何を知りたい？」

「彼女が行ってしまって、どんな感じ？」

「ある部分が恋しい。その部分は、今もたぶん、驚くほど素晴らしいはずだ。おかしくて、魅力的で、賢くて、すばやくて、愛らしくて、セクシー。俺はそこを愛したし、おそらく、今も愛している。たぶん、その部分をずっと恋しく思うだろうな」

「もちろん、そうでしょうね。誰だって……」

「しかし、結局、それ以外のことが強く出過ぎて来たんだと思う」

「たとえば？」

「何かになりたいという激しい欲求……何と言ったらいいかな？　重要人物？　成功者？　特別な人？」

「注目されたいという欲求かしら？」

「そうだ。それが彼女を食いつぶし、彼女はそれを乗り越えられそうになかった」

「なぜだかわかる？」

「なぜ注目されたいのか、ということか？」

「ええ」

「いや、わからない」

「彼女は、わかっているのかしら？」

「さあ。彼女には、いまだにその欲求がある」ジェッシイが言った。

「あなたではもの足りなかった」サニーが言った。

ジェッシイはアイスティーをほとんど飲み終わり、ウエイトレスに合図をした。彼女が注ぎ足すと、砂糖を加え、もう一口飲んでサニーを見た。

「そう、俺ではもの足りなかった」

「それが気になる？」

「俺ではもの足りないということ？」

サニーがうなずいた。

「大いに気になるさ」ジェッシイが言った。

「だから飲むんだと思う？」サニーが言った。

ジェッシイはしばらく黙って、アイスティーを見ていた。

「俺はいつも飲み過ぎていたと思う。しかし、ジェンとの仲がおかしくなり始めてから、手に負えなくなった」

「今はどう？」

「まあまあだ。ふだんは仕事のあと、夕飯前に二杯。もう長いこと酔っぱらったことはない」

サニーは、手を伸ばして彼の手を軽く叩いた。

「なぜあなたは……」彼女が言った。

ジェッシイの携帯電話が鳴った。

「ちょっと失礼」彼が電話に出た。

ジェッシイはしばらく話を聞いていた。

「わかった。すぐ行く」

彼がサニーの顔を見た。

「仕事？」

「ああ」

「どうぞ行って」サニーが言った。「支払いは私がするわ」

「それは駄目だよ」ジェッシイが言った。

「スパイクは私に食事代の請求をしたことがないの。私が小切手にサインするでしょ、彼が破くの」

ジェッシイが立ち上がった。

「ボストンでも？」

「ボストンもここも関係ないわ。スパイクは私に惚れているんだもの」

「俺も試してみるかな」

「あなたには惚れてないわよ」

「だけど、君には惚れている？」

「べたぼれよ」

「スパイクはゲイだろう」

「そうよ。だから、セックスはしたくない。でも私を愛しているの」

「両方の男もいるぞ」

「思い当たる人がいるの？」

「あとで話そう。さっき電話の前に、何かききかけてなかったかい？」

「あとでいいわ。さっさと行って署長さんになったら」

「いつだって署長だ」

「ロデオ・ドライブのブティックの更衣室でもそうだった？」

ジェッシイがにっこり笑った。

「あの時は別だ」

5

サニーは一人で〈リニューアル〉に行くことにした。住所は知っているし、この近くにあることもわかっている。波止場から港に沿ってフロント・ストリートのゆるい坂を登って行った。ジェッシイは別れた夫とそっくりだ。二人とも自制心があり、内面的で、身体能力に優れている。たぶん、ちょっと危険かも。サニーの父親もそんなふうだ。彼女はにっこりした。

何という偶然の一致。私って父親似の男に惹かれるんだわ。

しかし、そういった有能さや優雅さなんかは外面的な話で、内面は——混乱しているんだわ。少なくともジェッシイの場合は。少なくとも愛に関する限り。

町で最も古い地区のウオーターフロントに並ぶ家々は、ほとんどが最近金持ちの手によって修復されたように見える。通りのほうから眺める限りあまり面白くない。みんな港のほうに関心を向けているらしい。

オーシャン・ビュー。私たちの最初の家みたい……ここからあまり遠くはなかった……リッチーの内面はどうなっているのかしら。

歩みを止めた。

わからない。見当もつかない……リッチーの内面がどうだったのか、あるいは今どうなのか見当もつかない……パパの内面もわからない……ただ私を愛してくれていることはわかる……たぶん、リッチーも愛してくれている……それとも、くれていた……ジェッシイのことなら他の誰よりもわかる……それって、きっと何か意味があるんだわ。

白髪の婦人が通り過ぎた。元気のいいビーグル犬を散歩させている。

「大丈夫ですか？」老婦人が声をかけた。

サニーはうなずいた。

「ええ。ありがとうございます。ちょっと考えごとをしていただけですから」

「あらまあ、考え過ぎもいけませんよ」老婦人が言った。

サニーは彼女に微笑みかけた。

「そうですね。たぶん、いけないんでしょうね」

リードの先でビーグル犬が歩道をひっかいた。

「わかりましたよ、サリー」老婦人はそういうと、犬に引かれて町のほうへ去って行った。

サニーは見送った。一年半前、自分の犬を安楽死させなければならなかった。

私のロージーが恋しい、と彼女は思った。

再び歩き始めた。目的地がないかのようにゆっくりと。

でも、ジェッシイの心の中はよくわかるわ。パパや結婚したあの人よりももっとよく……ただ、彼が私を愛しているのか……あるいは、愛することができるのかはわからない。

波止場の匂いが強かった。ただ、あたりは家が密集していて、波止場自体はあまり見えない。ウオーターフロントの不動産は高いから、当然ながら土地を遊ばせてはおけないのだ。彼女は首を振って、苦い笑みを浮かべた。

もちろん、私だって彼を愛しているのか……愛することができるのかわからない。

前方に月並みなグレイの板葺きの家の裏側が見えて来た。歩道ぎりぎりに建っている。通りに面して数個の小さな窓と、真鍮で十七の番号が打ちつけてあるだけの赤いドア。〈リニューアル〉の住所だ。ドアまで来ると、立ち止まって眺めてみた。家の両側に小さな路地があり、隣の家との境になっている。自分なら通りぬけられるが、スパイクだったらまず無理だ。

今この家を訪ねたほうがいいかしら……いいえ、よくないわ……〈リニューアル〉の人との世間話なら……それも今日はだめ……今はもう少し歩きながら、ジェッシイの人生が……私の人生も……それから他のいろんなことも……どんなに混乱しているか考えたほうがいい。

彼女は長い緩やかな下り坂の起点で向きを変えると、〈グレイ・ガル〉に向かって戻って行った。

私が理解できたのはロージーだけだったような気がする。

6

ピーター・パーキンズが片手にコーヒー、もう片方の手にマニラ・フォルダを持って署長室に入ってきた。ジェッシイの机の端にコーヒーを置き、客用の椅子に座ると、フォルダを開けた。

「検視官の報告書か？」ジェッシイがきいた。

「そうです。ペトロフ・オグノフスキーの」

「じゃ、本人の車だったんだな」

「そうです。指紋で判明しました。彼の犯罪記録はすごいですよ。二二口径の銃弾で後頭部を一度撃たれています。頭蓋骨の中で激しく回転している。たぶん、マグナム弾でしょう」

「特定できるのか？」

「いいえ。損傷がひどくて。検視官は、変形してるから、かろうじて二二口径だとわかるぐらいだと言ってます」

「よくあることだ」ジェッシイが言った。「死亡時刻はわかったのか？」

「火曜の夜、真夜中から六時の間」

「他には？」

「あまり。でも、ペトロフは死んだときハッピーだったかもしれませんよ。火曜の夜にセックスをしてますから」

「どうしてそんなことがわかるのか不思議に思ったことはないか？」

パーキンズが驚いたような顔をした。

「署長はわからないんですか？」

「見当もつかない」

パーキンズはもっと驚いたらしかった。

彼が言った。「たぶん、そういうことを調べられる科学があるんでしょう」

「おそらくな。ミスター・オグノフスキーについて他にわかっていることは？」

「レジー・ガレンという男が率いるギャングの下っぱメンバーです。もっぱら用心棒をやってました。暴行罪で六回逮捕。強要罪で服役したこともあります」

「どこの刑務所？」

「ガリソンです」

「ガリソンに問い合わせろ。何かわかるだろう」

パーキンズがフォルダにメモを書き留めた。

「レジーはどこに住んでいる？」

「ここです」

「ネックか」

「旧家のスタックポール家の屋敷に」パーキンズが言った。「ノッコ・モイニハンの隣です」

「ノッコはウインスロップ家の邸宅を買っている」

「だから、町の評価は下がる一方」

「殺し屋なら気にしないだろう」

「どうして、そんなことになったんでしょうね？　どちらからにせよ、お互い隣同士に引っ越してくるなんて」

「俺のほうがお前より立派だぞ、ってことかな」

「二人は仲がよくないんですよね？」

「だろうな」ジェッシイが言った。

「さてと、話をきかなきゃならない容疑者が結構いますね」

「ところが、誰もこの不幸な犯罪に光を当てることができない」

「そうですね」パーキンズが言った。「ギャングの殺人事件の困ったところは、みんな見ざる聞かざるになってしまうことだ。みんな弁護士がつくし」

ジェッシイが微笑した。パーキンズはなかなかいい青年だ。しかし、ギャングの殺人をいったい何件実際に扱ったことがあるだろう。パーキンズが彼の微笑に気づいた。

「そう思わないんですか？」彼が言った。

「思うさ」ジェッシイが言った。「ところで、銃は身につけていたか？」

「オグノフスキーですか？　いいえ」

「車の中には？」

「ありません」

「他に武器は？」

「ないです。それって何か意味があるんですか？」

「やつのような職業だと、普通何かを持ち歩きたがるものだ」

「じゃあ、持っていなかったということは、どんな意味があるんだろう？」

「さあな。しかし、ちょっと変だ。だから心に留めておく。わかるだろ？」

「はい。レジー・ガレンから事情を聴取するつもりですか？」

「さきにヒーリイと話をして、州側で何がわかっているか確かめる」

「俺はガリソンに問い合わせてみます」

「よし」ジェッシイが言った。

「この事件の仮説はできてます？」パーキンズが言った。

「何者かがペトロフを撃ち、車のトランクに入れた」

「すごいや、プロと一緒に仕事をするのは」

「そうさ」ジェッシイが言った。「もちろんだ」

7

「ちょっと飲ませて」サニーがジェッシイの住まいの玄関を入ってくるなり言った。

「マティーニ？」

「ええ」

ジェッシイは彼女にマティーニ、自分にスコッチ・アンド・ソーダを作り、リビングに持って来た。

サニーが一気に半分ほど飲んだ。ジェッシイが眉毛を上げた。

「おいおい、この辺りの大酒飲みと言ったら俺なんだぞ」

「リッチーの奥さんが男の子を生んだの。リチャード・フェリックス・バーク、七ポンド四オンス」

ジェッシイがうなずいた。

「干せよ」

サニーはしばらく黙って座っていた。ジェッシイもそばで黙っていた。

それから、サニーが言った。「リッチーが電話してきたの。とっても興奮して嬉しそうだった」

「きっとわくわくすることなんだろう」ジェッシイが言った。

「終わったわ」サニーが言った。

「君とリッチーか？」

「ええ」彼女が言った。「彼のことは、よくわかってるの。決して息子や息子の母親から離れることはないわ」

ジェッシイがうなずいた。サニーは、残りのマティーニを飲んだ。ジェッシイは、彼女にもう一杯作ってやるために立ち上がった。

「もういらない」サニーが言った。「酔っぱらいたくないの。ただこの気持ちをやり過ごすために、ちょっとお酒が必要だっただけ」

「酒は効くかい？」ジェッシイが言った。

「いいえ」

「たいてい効かないんだ」

「あと七杯飲んでも効かないわ」

「おそらくな」

「少なくともローラーコースターは終わったわ。別れた、よりを戻すかもしれない、戻さないかもしれない、やっぱり戻すかもしれない、っていう状態は。少なくとも終止符を打ったわ。恐ろしく月並みな言い方だけど」

「かまわないさ」ジェッシイが言った。「今日はここに泊まらないか？」

「できないわ」

サニーは首を振った。

「下心はない。俺はソファで寝ればいい」

「ありがとう、でも、やめとくわ」サニーが言った。「一人になる必要があると思うの……慣れなければいけないし」

「リッチーとは一緒にいられないかもしれないが、君はひとりぼっちじゃない」

サニーがにっこりした。

「ありがとう」

二人は黙った。それから、サニーは立ち上がり、ジェッシイのところに行ってそっと口にキスをし、玄関を出て静かにドアを閉めた。外階段を下りていくヒールの音が聞こえた。行ってしまった。

ジェッシイは、まだ飲み物にほとんど口をつけていなかった。ゆっくりとすすり、内野に平行に身体を伸ばしてライナーを捕えようとしているオジー・スミスの大きな写真を眺めた。それから、もう一杯作り、波止場を見下ろす小さなバルコニーに通じるフレンチドアのところまで持って行った。外には出なかった。酒をすすり、暗い海を見た。

それから、半分ほど飲んだスコッチのグラスを上げた。

「幸運を祈る、リチャード・フェリックス・バーク」彼は言って、飲んだ。

8

ヒーリイがジェッシイのオフィスに入って来たときは、夜の七時になっていた。

「家に帰ることはあるのか?」ヒーリイが言った。

「時には帰るさ」ジェッシイが答えた。「眠るために。あんたは?」

「帰る途中だよ」

ヒーリイは腰を下ろすと、床の上にブリーフケースを置いた。

「死んじまったペトロフ・オグノフスキーと、やつの親分のことを知りたかったんだろう?」

「レジー・ガレンだ」

「レジーがここに住んでいるのは、もちろん知ってるな」

「ノッコ・モイニハンの隣だろう」

ヒーリイがうなずくと、言った。

「実に奇妙だ」

「何か一緒に仕事をしているのか?」

「俺が知る限りは何もない」ヒーリイが言った。「オフィスの組織犯罪課の連中にも確かめたが、誰も知らなかった」

「だが、敵同士でもないんだろう」ジェッシイが言った。

「俺が知る限りはな。あるいは、組織犯罪課が知る限りは」

「あんたなら極秘情報も手に入るんだろう」

「マサチューセッツ州警察の警部だからな」

「つまり、あんたが知らないことはないんだ」

「その通り」

「あんたのその膨大な知識を、ひとつオグノフスキーとそのボスにしぼってもらえないか？」

「オグノフスキーは用心棒だ。いや、用心棒だった」

ヒーリイは腰を曲げてブリーフケースを開け、八×十インチの写真を取り出してジェッシイの机の上に置いた。

「誰かを殺したり、痛めつけたり、脅かしたりしたかったら、ペトロフを使えばいい。悲劇的な死を遂げるまで、レジー・ガレンの下で働いていた」

ジェッシイは写真を見た。

「なかなかいい男だ。顔からするとあまり喧嘩に負けてないようだな」

「いつだって雇い主を見つけられたはずだ」

「レジーのところには長くいたのか？」

「やつらのことは知ってるだろう。しばらく働くとどこかに行ってしまう。また戻ってくる。俺たちには全員の追跡調査をするカネも暇もない。チンピラにあまり時間を割けないんだ。やつがレジーのところにいたのは数年だろうぐらいしか言えないな」

「ノッコのために仕事をしたことは?」

「知らない」ヒーリイが言った。「お前は二人が隣同士なのが気にくわないんだな」

「偶然とは思えない」

「俺もだ」

「しかし、その説明はできないんだろう」

「できない」

「警部なのに」ジェッシイが言った。「レジーに関してはどうだ?」

「レジーは、ノース・エンドと、チャールズタウン、エヴェレット、リヴィア、モールデンで相当悪事を働いた。俺たちはFBIと組んでやつを捕まえ、何人か証人を集め、刑務所に五年間放り込んだ」

「FBIの連中と組むのが好きなのか?」

ヒーリイが肩をすくめた。

「連中の多くは、町のお巡りのような叩き上げではない。だが、膨大な情報を持っている」

「情報を得るためのカネを持ってるんだ」

「そして使う」

ヒーリイはブリーフケースからマニラ封筒を取り出し、ジェッシイの机のオグノフスキーの写真の隣に置いた。

「名前と電話番号が入っている。暇なときにでも読めよ」

ジェッシイがうなずいた。

「刑務所から出たのはいつだ?」

「十二年前」

「仕事に戻ったのか？」

「まあな」ヒーリイが言った。「まだ証明できないんだ。わかってるのは、部族軍の長みたいなことをやってるってことだ。博打から、売春婦、マリファナ、数当て賭博（新聞発表の様々な統計数字下三桁を対象とする不法賭博）、ローンなど、ありとあらゆる取引から利益をかすめ取っている。昔の縄張りすべてで吸い取ってるんだ。だから、べつに大した事をする必要はない。ただレジー・ガレンでいればいいんだ。カネが自然と入ってくる」

「入って来なかったら？」

「手下の誰かをやって徴収してくる」

「オグノフスキーの出番だ」

「そう。オグノフスキーのようなやつを何人も抱えている。言ってみれば、保護し、徴収するってわけだ」

「それで、ノッコは関わってないのか？」

「さてね。おまえさん、電話で、ノッコのことはきかなかったじゃないか。最近は、朝の報告に一度も出てこないな」

「そうか、俺のほうで何か探ってみよう」ジェッシイが言った。

「やつらと会うつもりか？」

「まずレジーに会う」

「心に留めておいてほしいことがある」ヒーリイが言った。「俺は知ってるし、組織犯罪課の連中も言っているが、レジーは巧妙だ。感じが良くて、いいやつに見える。のんびりしているし。しかし、本当のところはそうじゃない。やつが警官を殺すかどうかは知らない。しかし、殺さないとも言えない。どれほど必要性があるかによるんだと思う。魂を持っているかどうかは知らないが、良心がないことは確かだ」

「恐怖はどうだ？」ジェッシイが言った。「恐怖心はあるのか？」

「恐怖心を起こさせることはできるが、本人が怖がるとは思わない」

ジェッシイがニヤッとした。

「俺をよく見てもらおう」

ヒーリイがゆっくりとうなずいた。

「それを心配していたんだ」

9

門のある邸宅が、パラダイス・ネックの広々とした大西洋側に、二軒並んで建っている。まるで一つの絵をひっくり返して並べたかのようだ。両方とも、だだっぴろいグレイの板葺きの大邸宅で、勾配のあるバックヤードのすそめがけて砕け散る大洋に、焦点を合わせるように建てられている。また、両方とも、長いドライブウエイが、上の駐車場まで家の周りを曲がりくねりながら登っている。ドライブウエイも駐車場も石畳になっていた。ジェッシイはどちらが先に引っ越して来たのか思い出せなかった。どっちがどっちの真似をしたのだろう？　花壇が似通っている。日陰をつくる木々も似ている。両方とも玄関の近くに青いアジサイを咲かせている。

レジー・ガレン邸の門は閉まっていた。ジェッシイは門に車の鼻先を向けて止まった。門の内側の左側に、小さな馬車置き場に見せかけた門番小屋がある。ジェッシイ側の扉が開いて、よく日に焼けたごま塩頭の背の高い男が出て来た。アビエーター・サングラスをかけ、肩章付きの白いシャツを着て、その裾を黒いスラックスから出していた。

「何か用か？」彼が言った。

「パラダイスの警察署長ジェッシイ・ストーンだ。ミスター・ガレンに会いに来た」

「ミスター・ガレンにどんな用だ？」

「警察に関することだ」

門番は考え深そうにうなずいた。

「ミスター・ガレンは、警察のことにはあまり関心がないと思うぜ」

「そいつの許可証を持ってるのか？」

「許可証？」

「携行許可証だ」

「携行なんかしてないぜ」

「いや」ジェッシイが言った。「右の腰、シャツの裾の下だ」

門番がジェッシイを見た。ジェッシイも門番を見た。

「拳銃携行許可証を見せてもらえるかね？」

「屋敷に電話するよ。あんたが来たと」門番が言った。

「そうか」

ジェッシイが敷石のドライブウエイを運転し、家の脇のUターン箇所に車を止めたときには、ピンクのラコステのポロシャツの上にシアサッカー生地の上着を着た二人の男が玄関脇に立っていた。ジェッシイは車を降りると彼らのほうに歩いて行った。

「ストーン署長《チーフ》」一人が言った。

感じのいい男で、ジェッシイぐらいの体格だ。ひげをきちんと剃り、日に焼けて、健康そうな雰囲気を漂わせている。

「ミスター・ガレンに会いに来た」ジェッシイが言った。

「警察全体のチーフかよ？」もう一人の男が言った。「このでっかい町全部の？」

この男は、今の男より若く、大きく、髪をクルーカットにしたボディビルダーで、小さな髭が下唇の下で二インチの三角形をかたどっていた。ジェッシイはしばらく黙って彼を見つめた。

「銃を持ってますね」年上の男が言った。

「持っている」ジェッシイが言った。

「通常は、銃を持っている人物は中に入れないことになっているんですがね」

「しかし、警察署長は例外だろう」

「例外にする理由なんかないね」若いほうの男が言った。

年上の男が彼を見、それからジェッシイを見て、目をぐるっと回した。

「ノーミー、警察と事をおこすのは利口じゃないぞ」

「あんたの名前は？」ジェッシイが年上の男にきいた。

「どんな警察の仕事をしてんだよ？　シーズンオフに蛤を採った連中を捕まえてんのか？」

ノーミーが鼻を鳴らした。

「ボブ・デイヴィス」

「このよた者《ジョー・パルーカ》とのばか騒ぎを止めて、ミスター・ガレンに会いに行けないかね？」

「どういう意味だ？」ノーミーがわめいた。「ジョー・パルーカってどういう意味なんだよ？」

ボブが苦笑しながら首を振った。

「完璧な組み合わせだな」彼がジェッシイに言った。「愚かで好戦的」

「何だよ」ノーミーが言った。「誰……」

ボブが彼を見て「シーッ」と言った。

ノーミーは黙った。

「ここにいろ」ボブがノーミーに言った。

それからジェッシイを見ると、うなずいて玄関のドアのほうに行くように促した。ボブは少しばかり力を持っている、ジェッシイはそう思いながら、ボブの後から玄関を通った。

10

レジー・ガレンは、妻と一緒に、裏のテラスの白い日よけの下でコーヒーを飲んでいた。芝生の先のさび色の岩に砕ける鉄色の波を眺めている。

「ストーン署長がおいでになりました」ボブが言った。「ガレン夫妻です」

ガレンはジェッシイを見上げてうなずいた。ミセス・ガレンは立ち上がって手を差し出した。

「いらっしゃい。レベッカ・ガレンです」

「ジェッシイ・ストーンです」

「コーヒーはいかが?」

「いただきます」

彼女はシルバー・ポットからコーヒーを注いだ。

「クリームとお砂糖は?」

「両方いただきます。砂糖は三つ」

彼女が身振りで椅子を指し示した。

「どうぞ」

ジェッシイがレジーの向かい側に腰をかけると、レベッカがコーヒーを手渡した。夫にもコーヒーを注ぎ足し、自分にも少し注ぎ足した。それから、夫の隣に座って、彼の前腕をそっと叩いた。ボブは少し後ろから見守っていた。

「君は下がっていい、ボビー」レジーが言った。

ボブはうなずき、黙って出て行った。

「私、ボブが大好き」レベッカが言った。

夫が彼女を見てニヤッとした。

「彼を追っ払ったほうがいいかもしれないな」

「その必要はないわ。あなたのほうがもっと好きだもの」

「どう思うかね」レジーがジェッシイに言った。「彼女のような女が、こんなことを言うんだ」

「お幸せで結構ですな」

「ええ、そうなのよ」レベッカが言った。

レジーがうなずいた。白いショートパンツに黒いトップのレベッカは、すこぶる付きの美人だ。黒髪は前より後ろのほうが短くカットされている。日に焼けた肌、大きな目と口。スリムだが強そうに見える。レジーは背が高くがっちりしている。角張った顔に好戦的な鼻。

「ところで」レジーが言った。「どうして門番が右腰に銃を付けているのがわかったのかね?」

「あてずっぽうですよ」

「右利きなのもあてずっぽうだったのか?」

「たいていの人は右利きですよ。それに、彼は左手に腕時計をしてましたからね」

「ほう。署長になったのも当然だな」

「何でもないことですよ」ジェッシイが言った。

「もし間違っていたら、どうするつもりだったのかね？」

「何か他のことを考えついたでしょう」

「当然だな。さて、用件は？」

「ペトロフ・オグノフスキー」

「やつがどうかしたか？」

「死にました」

「ピーティが？」

「何者かに後頭部を撃たれて。おそらく二二口径のマグナムでしょう」

「いつのことだ？」

ジェッシイが説明した。レベッカは、レジーの前腕を撫でるのを止めたが、手は彼の手の上に載せたままだった。

「なんてことだ」レジーが言った。「どこに行ってしまったのかと思っていた」

「オグノフスキーはあんたの下で働いていた」

「そうだ」

「何をしていたんです？」

「警備だ」

「ボブのように」

「そんなところだ。ボブは俺の部下だが、ピーティはノーミーや門番に近い。ボブの指示を受ける」

「ボブはあんたの指示を受けるんですね？」

「俺とレベッカだ」

「ピーティがなぜ撃たれたか、思い当たることはないですか？」

「ないね」レジーが言った。「互いにくだらんことを言わないことにしよう。俺がいかがわしい商売をしていたことは、あんたも俺も承知している。刑をくらったことも、知っている。俺が今もいかがわしい商売をしていると、みんなが思っていることも知っている」

「でも、そうじゃないのよ」レベッカが言った。

「もし、そうなら？」ジェッシイがきいた。

「彼がそういう商売をしていたときに結婚したのよ」

「またそういうことをしたら？」

「この結婚は永遠なの」

「結婚してどのくらいになるんです？」

ジェッシイは、自分が何をもくろんでいるのか自分でもわからなかった。しかし、時間はたっぷりある。

「二十一年よ」

「すごい。お若く見えますね」

「二十歳でした」

「お子さんは？」

「いません」

ジェッシイはうなずき、コーヒーを飲んだ。

それから言った。「どうしてノッコ・モイニハンの隣に住むことになったんですか？　彼もいかがわしい商売をしていると、みんな思っていますよ」

「知っている」レジーが言った。「彼はベッカの妹と結婚してるんだよ」

「それで、あなたは妹さんと親しいんですか？」

「一卵性の双子ですから」

「親しいわけだ」

レベッカもレジーもうなずいた。

「ピーティに何が起こったのか、ノッコは知っていると思いますか？」

「きいてみたらどうだ」レジーが言った。「ノッコはいろいろ知ってるよ」

「だが、あなたは知らない」ジェッシイが言った。

レジーが微笑んだ。

「私もいろいろ知ってるがね」彼が言った。「ただ、今回のことは別だ」

11

〈リニューアル〉のパトリアークは、髪を染めていた。それは、サニーがリニューアル・ハウスのキッチンに座って、彼と一緒に紅茶を飲みながら最初に確信したことだった。紅茶には砂糖が入っていなかった。

「〈リニューアル〉では砂糖を禁止しています」パトリアークが言った。「刺激物ですから」

「紅茶は違うんですか？」

「紅茶は鎮静剤です。心を静めます」

「知らなかったわ」

パトリアークが微笑んだ。

白いリネンのシャツを着て、タックの入った白いリネンのパンツをはいている。足には黄褐色の革のサンダル。ペディキュアをしたばかりのようだ。

「おそらく、我々がやっていることの中には、おかしいと思われるものもあるでしょう。しかし、どれもみな我々を作りあげるためのものなのです」

「シェリル・デマルコと話をしたいのですが」

パトリアークがうなずいた。小柄な男。なめらかな、感じのよい顔に、肩の長さの銀髪。この色を維持するためには、しょっちゅう染める必要がありそうだ。

「なぜですか？」彼がきいた。

「彼女が家に帰って来ることを両親が希望しているんです」

「あなたは私立探偵ですか？」

「そうです」

「証明するものを何かお持ちですか？」

「もちろん」サニーはそう言って、身分証明書を彼に渡した。

彼は読んでうなずいた。

「あなたが」——彼は悪臭をかいだかのように鼻にしわを寄せ、唇をすぼめた——「信仰を捨てさせるお気持ちでなければよいのですが」

「そんなことしません。たぶん、そんなことはできないでしょう。それに、たとえできるとしても、どうしたらいいかわかりませんし」

「それをきいて安心しました」パトリアークが言った。「両親が彼女を連れ戻したいと思う気持ちは、わかります。たいていの親は、子どもたちを連れ戻したいと思っています。しかし、なぜ彼女に直接言わないのです？　なぜあなたを雇うのです？」

「頭のおかしい連中の集まりだと思っているからです」

「頭のおかしい連中ですか」

「頭のおかしい連中です」

パトリアークが微笑した。

「はっきり言う人ですね」

「慣れていただかなければなりませんわ。きっと多くの人があなたがたをおかしいと思っています」

彼がうなずいた。

「そうですね。でも、不思議です。我々の教えには特別におかしいものは何もありません」

「あなたがたの教えとは？」サニーが言った。

「我々は、恵み深い霊が宇宙に遍在すると信じています。それをもっと正確に定義する必要はないでしょう。我々は、注意を払いさえすれば、それが日常生活のあらゆる側面に見られると信じています。そして、この霊の知覚を曇らせるものには反対します。この霊と結びつく能力を損なわせるものには反対します。アルコールやコーヒーは飲みません。麻薬の使用は許しません。ニコチンも含まれます。我々は、生き物が我々の犠牲になってはいけないと信じています。だから、菜食主義者です」

「かわいそうな蕪《かぶ》には同情しないのですか？」

「冗談をおっしゃっていますね。しかし、死がなければ生がありえないことは承知しています。これは、ほとんどの宗教において中心的神話になっています」

「死と再生」

「そうなんです。あなたは教養がおありですか？」

「さあ。大学には行きましたけど」

「それなら、ありますね。我々は、他の生き物を消費しなければなりません。そうでなければ死んでしまいます。しかし、我々は、その消費を生命の鎖の下端にとどめておこうと努めています」

彼が肩をすくめた。

「それが、我々のできる精一杯のところです」

「セックスに関する教えは、まだうかがってません」サニーが言った。「親にとっては重大関心事ですが」

「ああ、はい」パトリアークが言った。「セックスですね」

「ええ」

「あなたは何を信じているかきかせてください」

「セックスについてですか？」

「そうです」

サニーがにっこりした。

「好きですわ」彼女が言った。

「我々もほとんどの者が好きです。同意した成人のセックスは良いと信じています。愛情の表現としてのセックスは信じていますが、病的なセックスは認めません」

「そうですか。なぜ彼女の両親が恐怖にかられているのかよくわかりました」

パトリアークは心底驚いたように見えた。

「ほんとうに？」

「皮肉ですよ」サニーが言った。

「ああ、失礼しました。私はまじめすぎるんです」

「反対よりいいですわ」サニーが言った。「資金はどこから？」

「私は結構裕福なんです」パトリアークが言った。

「どのようにして裕福になったのですか？」

「両親の資産を相続しました」

「汗水垂らして働くことはなかったんですね」

「両親は存命中、かなりの重荷でした」パトリアークが言った。「しかし、私は一度も金策に走り回ったことはありません」

「両親は生きていなくても、重荷になることがありますわ」

「精神科医ならそう信じさせるでしょう」

「でも、あなたは精神科医を信じない？」

「精神医学は、余分で不必要なものです。我々が心を開き、生活をシンプルにすれば、宇宙の善意が我々の中に流れ込んできます」

サニーがうなずいた。

「シェリル・デマルコと話をすることは可能ですか？」

「もちろんです」パトリアークが言った。

12

サニーは、シェリルと彼女のボーイフレンドと一緒に、リニューアル・ハウスの前のパティオに座っていた。眼下の波止場では、繋がれたヨットが波に漂い、釣り船が魚を求めて出て行った。ボーイフレンドは背が高くがっしりしたブロンドの若者で、無表情だが真面目な顔つきをしていた。シェリルの隣に座って、彼女の手を握っている。

「こちらはトッド」シェリルが言った。「私のボーイフレンドよ」

「はじめまして、トッド」

トッドが厳しい顔を見せたままうなずいた。サニーがシェリルを肩に担いで逃げ出さないか警戒しているのだ。

「本当に私立探偵なの？」シェリルがきいた。

小柄で、ソフトで、なめらかな丸い顔立ち。化粧をせず、まっすぐなブロンドの髪を肩までたらしている。

「本当よ」サニーが言った。

「銃は持っているの？」

「持ってるわ」

「どこに？」

「バッグに。立ち回りがありそうなときは、ストッキングの上にたくし込むこともあるわ」

「ストッキングなんてはいてないじゃないの」シェリルが言った。

「軽い冗談を言ってみただけ。バッグで充分よ」

「どうして私立探偵になったの？」シェリルがきいた。

ボーイフレンドは、サニーをじっと見ている。

「父が、今は引退したけど、警部だったの」サニーが言った。「私もしばらく警察官をやっていたわ
……あの時はいい考えだと思ったのね」

「結婚しているの？」

「いいえ」

「結婚したことは？」

「あるわ」

「何があったの？」

「あなたには関係ないわ」サニーが言った。

ボーイフレンドが、さらに厳しい目でサニーを見た。シェリルが肩をすくめた。

「ただきいただけよ」彼女が言った。

サニーがうなずいた。

「ここが好きなの？」

「うちの両親が、探偵を雇って話をさせるなんて信じられない」シェリルが言った。

サニーが再びうなずいた。

「それで、ここは気に入っているの？」

「ここ？」

サニーは明るくうなずいて言った。

「ええ、ここよ」

「ここはとってもいいとこ、ね、トッド？」

ボーイフレンドがうなずいた。

「一番いいところは何？」サニーが言った。

「イライラがないこと」シェリルが言った。「ここの人はみんな本当に穏やかなの」

「規則もないのね」サニーが言った。

「あら、もちろん、規則はあるわ」シェリルが言った。

「どんな？」

「麻薬禁止、アルコール禁止、喫煙禁止、意地悪もだめ」

「意地悪もだめ？」

「誰に対しても意地悪をしてはいけないってこと」

「ああ、そうなの。で、規則を破ったら？」

「グループが集会を開いて、決めるわ」

「一番ひどい罰は？」

「グループにはいられなくなるの」

「セックスについてはどう？」サニーが言った。「何か規則はある？」

「セックスは悪いことだと思っているの？」

「いいえ。私は好きよ」サニーが言った。

シェリルは、かすかに驚いたように見えた。

「セックスについては、規則はないわ。ほんものである限り」

「ほんものって？」

「わかるでしょ、好きとか愛している人と、ということ」

サニーがうなずいた。パトリアークの言ったことと何の矛盾もない。

「じゃあ、あなたは、ここにいたいからいるのね」サニーが言った。

「そうよ」シェリルが言った。「私はトッドと一緒だし、友だちも、生活も、することもあるわ。私たちを助けてくれる人もいる」

「二十年後のことは考えた？」

シェリルがしばらくサニーを見つめた。

「あなたが十八歳のとき、二十年後のことを心配していた？」

サニーが微笑んだ。

「いいえ。していなかったわ」

「それで？」シェリルが言った。

「いいところを突いたわね」

サニーが立ち上がった。

「トッド、あそこの手すりのところでシェリルと内緒話をしたいの。女の子の話。ちょっと恥ずかしいことかも」

トッドは、彼女の言わんとしていることがわかっているかのように肩をすくめた。サニーはシェリルを手招きしながら、手すりのところに行った。下の波止場では、帆をたたんだヨットが機走でじりじりと埠頭に近づいて行くところだった。シェリルが来て、彼女の横に立った。

「トッドに聞こえないところで何か言いたいことはない？」サニーがそっときいた。

「トッドに？　私のボーイフレンドなのよ」

「わかってるわ。でも、確かめる必要があるの。あなたが出ていくのを妨げるようなものはある？」

「出て行きたくなんかないわ」

サニーがうなずいた。「それもわかっているわ。でも、もし出て行きたくなったら、それを妨げるようなものはある？」

「ないわ」シェリルが言った。

「で、あなたは出て行きたくないのね？」

「絶対に」

「もし出て行きたいなら、今連れ出してあげられるわよ」

「行きたくなんかないわ。なぜ信じてくれないの？」

「信じているわ」サニーが言った。「ただ、私としては確信したいの」

「じゃ、確信して」シェリルはそう言うと、戻ってトッドの隣に座った。

サニーは後からついていってシェリルの前に立った。

「もしご両親を連れて来たら、話をしてくれる？」

シェリルが素っ気なく言った。

「あの人たち、ここには来ないわよ」

「たぶん、来ないでしょうね。でも、もし来たら？」

「いいわよ」シェリルが言った。「あんたが一緒にいてくれれば」

「いるわ」サニーが言った。「でも、どうして？」

「あの人たち、何もわかっちゃいないんだもの」

「私はわかっているの？」

「あんたはわかっているみたい」

「ありがとう」

「お世辞じゃないわ」シェリルが言った。「たいていの大人は何もわかっちゃいないの」

「たぶん、別のことがわかるのよ」サニーが言った。

「どうでもいいわ。どうせ大したことじゃないから。あの人たち、絶対来ないわよ」

「でもきいてみるわね」サニーが言った。「それから、あなたに知らせるわ」

「あんたと話すのなら、いいわよ」シェリルが言った。

13

ミセス・モイニハンがジェッシイを招き入れた。レベッカ・ガレンにそっくりだ。

「こんにちは。ロビー・モイニハンです」

「ジェッシイ・ストーンです」

「どうぞ、お入りになって」ロビーが言った。「ちょうど夫とコーヒーを飲んでいたところですわ。お飲みになります?」

「結構ですな」

「どうぞこちらへ」

ジェッシイは、彼女の後から家の中に入って行った。ガレンの家に非常によく似ている。彼女の後ろ姿も、レベッカに非常によく似ている。

「それで、私にどんな用件かね、ストーン?」ジェッシイが腰を下ろすと、ノッコがきいた。

筋肉がたるんでしまった大男。まだ昔の面影を残しているところもあるが、それも急速に消えようとしている。ロビーは隣に座って、彼の話に耳を傾けていた。

「オグノフスキーという男がこの付近で殺されました。二日前のことですが」ジェッシイが言った。

「近所の聞き込みをしています」

ノッコが声をあげて笑った。

「私とレジーを調べているんだな」

「まずあなたがたから、ということです」ジェッシイが言った。

「オグノフスキーを知ってますか？」

「ピーティ？　もちろん、知っている。義理の兄の下で働いていた」

「なぜ殺されたか、理由を知ってますか？」

「全く心当たりがない」ノッコが言って、妻を見た。「君はどうかね？」

「ピーティ」ロビーが首を振った。「ピーティは、とってもいい人だったわ」

「ならず者の中ではね」ジェッシイが言った。

「そんなことないわ」ロビーが言った。「ピーティは優しい男だった」

彼女が夫に微笑みかけた。

「フランシスのように」

「フランシス」ジェッシイが言った。

「私の本名だ」とノッコ。

「どうしてノッコと？」

「子どもの頃は、ちょっと暴れん坊だったからね」

「ピーティがあなたの下で働いたことは？」

「私は引退した。彼はロビーのためにときどき使い走りをしていたが」

「たとえば、どんな？」

ノッコが妻を見た。

「君が答えたら？」彼が言った。

「そうね。マーケットで買い物をしてもらったり、クリーニング屋に行ってもらったり。ベッカにも同じことをしてたわ」

「それだけですか？」ジェッシイが言った。

「昔レジーがギャングだったことは知ってるだろう」ノッコが言った。「そのことは誰だって知っている。ギャングは、足を洗っても、警備が必要なんだ」

「それはボブがやっている。レジーのために」

「そうだ」

「あんたがギャングだったこともみんなが知っている。あんたの警備は誰がやっているんです？」

「警備とはかっこいい言葉だな」ノッコがそう言って、ロビーにウインクした。「俺と行動をともにする男がいる」

「名前は？」

「レイ・マリガン。小学生の頃に出会った。修道女がアルファベット順に席を決めたんだ、よくあるだろ？　いつもレイの隣だった」

彼がロビーの腕を軽く叩いた。彼女は彼に向かって微笑んだ。

「レベッカ・ガレンとは双子の姉妹ですね」ジェッシイが言った。

「ええ。一卵性双生児です。違う服を着なければ、自分たちさえ区別するのが難しいくらいよ」

「奥さんの結婚前の名前は？」

「なぜそんなことを知りたいんだ？」ノッコがきいた。

「知らないからですよ」ジェッシイが言った。「以前にも訊問されたことがあるでしょう、ノッコ。警官が質問するのは、そこから何か引き出せるかもしれないからだと、知っているはずだ」

「ここ以外の場所で警官をしたことはあるのか？」ノッコが言った。

「なぜそんなことを知りたいんです？」

「知らないからだ」

ジェッシイがニヤリとした。

「しばらくロサンゼルスで強盗殺人課にいました」

「じゃ、交通違反の切符を切る以外のこともしていたんだな」

「大したことないですよ。で、結婚前の名前は、ミセス・モイニハン？」

彼女が夫の顔を見た。ノッコがうなずいた。

「バングストンよ。ロベルタとレベッカは、バングストン家の双子」

「お二人はどこで出会ったんですか？」

ノッコが首を振った。

「もういいだろう、ストーン。あんたには我々を疑う理由はないし、我々もここに座って、自分たちのプライベート・ライフについてあんたとお喋りする理由はない」

「わかってますよ」ジェッシイが言った。「ただ、どうして双子の姉妹がそろって、あんたやレジーのような悪党と結婚することになったのか興味があったんでね」

「悪党とはちょっとひどい言い方だな」ノッコが言った。

「法の枠を越えた起業家」

「そのほうがいい」

「敵対したことはないんですか？」

「ないね。レジーと俺の間には何の問題もない。やつはノース・ショア、俺は南……引退する前のことだ」

ジェッシイが肩をすくめた。

「まだちょっとおかしく感じる」彼が言った。

「結婚していらっしゃるの、ストーン署長？」ロビーがきいた。

「いいえ、してません」

「結婚したことは？」

「あります」

「それなら、おわかりでしょう」ロビーが言った。「愛っておかしなものだって」

「ええ、わかります」ジェッシイが言った。

14

ジェッシイは、その日最初の酒を慎重に作った。背の高いグラス、たくさんの氷、多すぎないスコッチ、たくさんのソーダ。うまくいくと、すばらしい酒になり、気分も新鮮になる。グラスをリビングルームに持って行って、カウンターの前に座った。オジー・スミスの写真に向けてグラスを上げた。

「元気かい、魔法使い」彼はそう声をかけると、一口飲んだ。

酒はうまくできていた。ドライで、すっきりして、冷たい。

部屋はしんとしていた。エアコンの柔らかな音がするだけ。そのために、すべてがなおさら静かに思えた。リビングの向こうのフレンチドアを通して、しだいに弱まり青みがかってきた日の光を見ながら、もう一口飲んだ。静けさと青みがかった光が好きだった。家の中に誰かがいるか、あるいは帰ってくる人がいるなら、孤独をもっと愛したかもしれない。

「たぶん、犬を飼うべきだな」

彼は飲んだ。

「ただ、俺が仕事をしている間、誰が面倒をみるんだ。妻がいれば、面倒をみてくれるだろう。でも、妻がいれば、犬は必要ないだろうな」

もう一口飲んだ。

「とにかく、犬がほしい」

オジー・スミスは何の反応も示さなかった。ジェッシイのグラスは空になっていた。キッチンに行き、もう一杯作った。酔っぱらいたい気分だった。どうしてだろう？　いつもなら、二杯の酒と夕飯で満足するのに。酒を持ってリビングに戻った。

「俺にだめだと言ってくれる者なんかいないしな」

ディックスなら何と言うだろう？　ジェッシイは、行動が変わるなら、それにはおそらく何らかの理由があるはずだと言い、また、どんな理由かはわかりようがないとも言うだろう。しかし、ディックスは、今度もジェンに関することだと思うはずだ。

「ジェンなんかくそくらえ」

なら、なぜ今日なんだ。たとえば、二日前とか先週の木曜じゃないんだ。なぜ今夜にかぎって二杯で済ませられないと、こんなに感じるんだ？

再び、オジーの写真を見た。

「俺だってそこそこやれただろう、オズ。肩を壊しさえしなければ、結構やれたはずだよな」

一口飲んだ。

「俺は立派な警官でもある……しらふで」

どうしてガレンやモイニハンのような悪党が、美しく献身的な女性と一緒になれるんだ？　それなのに、俺は結局ジェンと一緒になってしまった。

「おっと」

彼は酒を下に置いて椅子に深く座った……だから、酔っぱらいたいのだ。嫉妬していた……いや、嫉妬とはちょっと違う……自分が手にしたいと思っていた結婚を見てしまったのだ。それも二日間で二つも。それは、自分の結婚の失敗を浮き彫りにする。あいつらは、夫を幸せにしたいと思う女を手に入れた。自分が手に入れたのは、有名になりたいという女だった。自分は正直な警官で、あいつらはギャングなのに。

キッチンに行ってもう一杯作った。

愛はおかしなもの、いいだろう……そして不公平だ……これにはむかつく……いつもむかつくわけじゃないが。レジーとノッコにとっては、ほんとにうまく行ってる……俺はもう心配するのは卒業したと思っていた……ジェンの過去……もう過ぎたことだと思っていた……そうじゃないのかもしれない……たぶん、飲めばこの気持ちを屈服させられるかもしれない。

彼はさらに飲んだ。

15

電話が鳴った。ジェッシイは無視した。口が非常に乾いていたが、眠すぎて水を取りに行くこともできなかった。電話が再び鳴った。

「黙れ」ジェッシイはそう言ったまま、電話に出なかった。

もう少し眠った。すると、誰かが玄関のドアをバンバンと叩き出した。無視した。叩く音は止まなかった。大声を出すのが聞こえた。ぐるっと仰向けになると目を開けた。日中だった。デジタル時計を見ると十一時十三分だ。

頭が痛く、胃がムカムカした。玄関ではドアを叩く音と大声が止まない。起き上がった。服を着たままだ。靴もはいたまま。立ち上がった。部屋がちょっと揺れたが、やがておさまった。ゆっくりと玄関まで歩いて行き、ドアを開けた。モリイ・クレインだ。ジェッシイを見ると、一言も言わずに中に入り、ドアを閉めた。

「シャワーを浴びて」彼女が言った。「清潔な服を着てください。コーヒーをいれますから」

ジェッシイはしばらく彼女を見ていた。

「どうしたんだ」

「歯も磨いてください」

ジェッシイがうなずいた。

「わかった。でも、何があったんだ?」彼が言った。

「ノッコ・モイニハンが昨晩殺されました」モリイが言った。

ジェッシイはうなずくと、バスルームに向かった。歯を磨き、ひげを剃った。長い間シャワーの下にいた。清潔な服を着て出てくると、モリイがコーヒーをいれ、オレンジジュースをグラスに注ぎ、トーストを二枚皿に載せておいてくれた。トーストの隣にアスピリンの瓶が置いてある。ジェッシイが座った。

「トーストはいらない」

「食べてください。胃の調子を整えておかなければ。食べずにアスピリンを飲んではいけません」

ジェッシイがうなずいた。しばらく部屋が歪んで見えたが、落ち着いた。

ジュースを飲んだ。

「人間らしくなりました?」モリイがきいた。

「いや」ジェッシイが言った。

「話はきけますか?」

「ああ」

「今朝六時ごろ、パラダイス・ビーチの監視員が、小さなあずまやのベンチに座っているノッコを発見しました。後頭部を撃たれていました。血があまりなかったので、どこかで撃たれて、そこに運ばれたと思ってます。でも、まだ検視官の報告書は届いていません」

ジェッシイはコーヒーを飲んで、ひとかじりしたトーストを流し込んだ。

「誰が指揮している？」

「スーツと私じゃないかしら。町のお偉方が血相を変えて署長を探しています」

「新聞社は？」

「かなり。ノッコは有名だったらしいわね」

「テレビ局は？」

「二つの局が、ビーチのあずまやからレポートしてます」

「テレビを死ぬほど怖がっている」

「お偉方が？」

ジェッシイはうなずき、うなずかなければよかったと思った。

「特に、新任の人」モリイが言った。

ジェッシイはうなずきかけて止めた。

「マッカフィーだ」

「そう、その人。カメラの前で間違ったことを言ってしまうんじゃないかと恐怖にかられているわ」

ジェッシイはトーストを一枚食べ終わった。

「いいわ。アスピリンを飲んでください」

ジェッシイは二錠取り出し、残りのジュースと一緒に飲み込んだ。

「彼は、俺がどこにいるか知ってるのか？」

「スーツが、別れた奥さんのことで出かけたと説明したわ」

「酔いつぶれていたというよりいいだろう」

「でしょうね」

モリイが二杯目のコーヒーを注いだ。

「残りのトーストを食べますか?」

「食べられない」

「私は食べられるわ」モリイがジェッシイの皿からトーストを取ってちぎった。

「なぜこんなことになったのか、いつか話してくれますね」モリイが、トーストを噛み終わると言った。

「ああ」

「でも、今はこの状況を何とかしなければ」モリイが言った。

「わかった」

「やれますか?」

「このコーヒーを飲んだら」ジェッシイが言った。

モリイはうなずいて、トーストの残りを食べた。

16

サニーは、エルザとジョン・マーカム夫妻と一緒に、コンコードにある周囲にそぐわない大邸宅の、飾り立てた巨大なリビングにいた。

「娘と話をしてくれたんですね？」エルザが言った。

「しました」

「元気でしたか？」

「元気そうでした」サニーが言った。

「まだあそこにいるのね」エルザが言った。

エルザ・マーカムは、スリムで背が高く、髪はシルバーグレイで、よく日に焼けていた。夫もスリムで背が高かったが、髪は黒く、長めだ。彼も、よく日に焼けていた。

「ええ、〈リニューアル〉にいます」

「友だちはいますか？」

「ボーイフレンドがいます。いい青年のようでした」

トッドはサニーに何の印象も与えなかったが、そう言ったほうが二人を安心させるだろうと思った。

「ああ、神様。もちろん、何の管理もされてないんでしょう」

「実は、相当に管理されています。少なくともかなりの管理があります。麻薬、アルコール、タバコは禁止。面白いことに肉も禁止です」

「セックスも?」エルザがきいた。

「行きずりのセックスは禁止。恋愛関係の場合にだけ許可されています」

「まあ、何てこと」エルザが言った。

「二人は親しそうに見えました」サニーが言った。

「セックスは結婚のためのものです」エルザが言った。「恋愛関係では、してはいけません」

「本気ですか?」

「あなたはそう思いませんの?」

「ええ」サニーが言った。「たぶん思っていません」

「そうですか。でも、私たちはそう思っています。そう考えない娘は、私たちの娘として認めません」

「でも、おそらく認めることになると思いますよ」

「娘はあのカルトに夢中になっているんですわ」

「実は、あまりカルトとも言えないんです、ミセス・マーカム。たいていの人に受け入れ難いようなことはそれほど主張してはいません」

「私たちは、たいていの人ではありません」

サニーはミスター・マーカムを見た。これまで妻が喋っている間、黙ったままニコリともしない。

「で、シェリルはあなたの実の娘さんでもあるんですね、ミスター・マーカム?」

「当然だ」彼が答えた。「何という質問をするんだ?」

「詮索するつもりはありません。もっとも、詮索は私の職業のようなものですけど。でも、なぜお嬢さんの名前とあなたの名前は違うのですか？」

「私たちの名前は、もとはデマルコでした。ジョンがビジネスを立ち上げたときに、変えたんです」エルザが言った。

「なぜですか？」

「デマルコという名前は、ノース・エンドっぽいでしょう？」

彼女は鼻にしわを寄せた。

「ジョニー・デマルコ」彼女はそう言って首を振った。

「そして、シェリルはもとの名前をキープしたんですね？」

「あの連中と出奔したときに、勝手にもとに戻したんです。法的には、シェリル・マーカムです」

サニーがうなずいた。

「お嬢さんには、この問題を話し合うために、ご両親が訪ねてくるかもしれないと言いました」

「あら、何て素晴らしいアイディアなの」エルザはそう言うと、物まね声になった。「〝この週末、ジョンとご一緒にブドウ園にいらっしゃいませんこと？〟。〝残念だわ。私ども、自由恋愛のヒッピー・コミューンにいる娘のところに行く予定ですの〟。〝まあ、本当に？　何て素敵なの。うちの娘たちはウェルズリー大学にいますわ〟」

「わかりました」サニーが言った。「共鳴していただけるアイディアじゃありませんでしたね」

「ええ。だめです。他にアイディアは？」エルザが言った。

彼女の夫は腕を組んで顎を引きしめ、断固として見えた。いろんなポーズを知っているようね、とサニーは思った。

「ありません」サニーが言った。「ご主人は何か?」

「ジョン、あなたは?」エルザが言った。

「一つアイディアがある」ジョンが言った。「君は、かかった時間に対する請求書を私に送ったら、自分の仕事に戻ってくれ」

「口論する気はありませんが、指摘しておきます。あなたは私を雇っていません」

「間違いは避けられない。しかし、賢い人間は間違いを助長しないものだ。請求書を送ったら、我々をほっておいてもらいたい」

「それで、お嬢さんは?」

「娘のことは私たちで考える」

彼が立ち上がり、エルザが立ち上がった。サニーもうなずいて立ち上がった。誰も握手をしようとはしなかった。

サニーは、長いドライブウェイを運転しながら、自分に向かって声に出して言った。

「ワオ!」

17

ジェッシイがディックスのオフィスに行ったのは、午後も遅い時間だった。しかし、ディックスは、シャワーを浴びたばかりのように見えた。ハゲ頭は光り、顔はひげを剃ったばかりに見える。シアサッカー生地のジャケットはアイロンをかけたばかりのようだし、白いシャツはぱりっとしている。青と黄色のストライプのタイは完璧な形に結んである。

彼は腰かけるジェッシイにうなずいた。それから、落ち着いて興味深く話をきこうとするように、少し身体をそらせて座りなおした。

「二日前の夜、酔いつぶれて翌日の仕事ができなかった」

「それは、さぞかし苦しいことだっただろう」

「そう」

「話してもらおうか」

ジェッシイが話をし、ディックスが黙ってきいていた。

「なぜそうなったのだと思う?」ディックスが言った。

「考えられるのは、二人のギャングと話をしたことだけなんだ。二人は非常に魅力的な女性と非常に幸せな結婚をしているように見えた」

「公平とはとても思えない」

ジェッシイがうなずいた。

「それで、あの晩、考え込んでしまったんだ。どうして俺じゃなくてあいつらが？　それで酔っぱらってしまった」

「なぜジェンは、あの女たちのようになれないんだと？」

ジェッシイがうなずいた。

「そのとおり」

ディックスは黙っていた。ジェッシイも黙った。

「どんな人たちかね？」しばらくしてディックスがきいた。

「妻たちか？」

ディックスがうなずいた。

「双子だ。一卵性双生児」

ディックスが待った。

「パラダイス・ネックの大きな家に隣同士で住んでいる。家は中も外もそっくり。同じ人物が家の装飾を手がけたようだった」

「二人はとても親しい」

ジェッシイがうなずいた。

ディックスは待っていた。

「二人とも美人だ」

ディックスがうなずいた。

「そして、二人は夫を愛している」

ディックスは待った。ジェッシイは黙った。

「どうしてわかるのかね?」ディックスがきいた。

「心づかいが行き届いている。夫の隣に座って、腕を軽く叩く。夫を見て、話をきく。一緒にいて楽しそうだ」

「心づかいが行き届いている」

「そう」

「愛情がこもっている」

「そう」

「夫は?」

「レジー・ガレンとノッコ・モイニハン。二人ともギャングだ。レジーはだいたい北を、ノッコはサウス・ショアを仕切っていた」

「まだ現役なのか?」

「連中は違うと言ってるが、俺は信じない」

「なぜ彼らと話をしたのかね?」

「片方のギャングの手下、ペトロフ・オグノフスキーという乱暴者が殺され、死体がパラダイス・ネックの土手道に捨てられていたんだ」

「もう一人の男とも話したのは、なぜかね?」

「隣に住んでいたからだ。逮捕歴もある」

「二人が関与していると考える理由が？」

「今のところ、何も理由はない。しかし、警官の経験があれば、二人のギャングの住まいの近くで殺しがあれば、話をききに行くもんなんだ」

ディックスがうなずいた。

「その二人の紳士は、自分たちの幸運に気づいているんだろうか」彼が言った。

「妻のことか？」

ディックスがうなずいた。

「幸せそうだった」

「心づかいが行き届いている？」

ジェッシイは肩をすくめた。

「そう見えた」

「つまり、君の心を本当にとらえたのは妻たちのほうだった」

「そうだ」

「ジェンに心づかいが行き届いて、愛情がこもっていたことは？」

「結婚する前と、したあと少しの間」

「じゃあ、そうできるのだ」

ジェッシイがうなずいた。

「俺があれほど欲求不満になったのは、彼女はできるのにしなかったからだ」

「そう」ディックスが言った。「それでは欲求不満にもなるだろうな」

「たぶん、彼女は他の男に対しても同じなんだろう」

「心づかいと、愛情の点で？」

「そうだな」

「どうしてわかる？」ディックスがきいた。

「想像だ」ジェッシイが言った。「彼女は何かを求めていた」

「ギャングの妻たちは？」

「誠実に見えた」

「君は誠実であってほしいと思ったのかもしれない」

「なぜ？　なぜ俺がそんなふうに思うんだ？」

ディックスが腕時計を見た。五十分が過ぎたことを示す合図だ。

「さあて。考えてみたまえ。木曜日にもう少し話し合えるだろう」

「あいつらはプリンセスと結婚できた」ジェッシイが言った。「俺は売春婦と」

「木曜日に話し合おう」ディックスが言った。

18

ロベルタ・モイニハンの姉が、彼らを妹の家に招じ入れ、リビングの椅子に案内した。ロベルタが入ってくると、皆が立ち上がった。

「ご主人のことは非常にお気の毒です、ミセス・モイニハン」ジェッシイが言った。「我々はみな、そう思っています」

「ロビーです」彼女が言った。「どうぞロビーとお呼び下さい」

ジェッシイがうなずいた。ロビーの顔は青白くこわばっていた。しかし、目は乾いている。自分をコントロールしているようだ。レベッカ・ガレンが脇に立った。妹のそばに。

ジェッシイが言った。「こちらはヒーリィ警部です、ロビー。殺人事件の州警察の指揮官です。それから、隣は、州組織犯罪課のリコーリ巡査部長です」

ヒーリィとリコーリが真面目な顔でうなずいた。

「こちらはロベルタ・モイニハン」

ロビーがかすかに微笑んで、もとの椅子に腰掛けるように身振りで示した。

「どうぞ、お座りください」

彼らは座った。

「容易でないことはわかっておりますが、ミセス・モイニハン」ヒーリイが言った。

「ロビーです」

「できるかぎり質問にお答えください」

「必要なだけお付き合いしますわ、警部」ロビーが言った。「夫のために私に残された唯一の方法ですもの」

話し終わるとき声が震えたが、彼女は息を吸い込んだ。再び話し始めたとき、声は落ち着いていた。

「どんなことをお知りになりたいの？」

「ご主人の死について疑わしいと思う人はいませんか？」ヒーリイがきいた。

「フランシスには敵がいました。彼が昔どんな生活をしていたかご存知でしょう」

ジェッシイは、ロベルタが「昔どんな生活をしていたか」と言ったとき、リコーリの顔がわずかに引きつるのを見た。しかし、彼は黙っていた。

「具体的に誰か？」ヒーリイが言った。

「いません。それに最近は何もありませんでした」

「脅迫も、警備の強化もなかったんですね？」

「ありません」

「ご主人は銃を携行していましたか？」

「ときどき。さっき言いましたように、敵がいたんです」

「発見されたときは、銃を所持していませんでした」

ロビーがうなずいた。

「最後にご主人を見たのは、いつでしたか？」

「殺された晩です。夕食をとり、その後デッキに座っていました。お天気の良いときは、いつもそうしているんです……」

彼女は言葉を切り、息を吸い込んでから続けた。

「それから、夫は散歩に行くと言いました。私も一緒に行こうかしらと言うと、嬉しいけど、ちょっと考えることがあるから、一人のほうがいいと言ったんです……一緒にいると他のことが考えられないと」

ヒーリイがうなずいて、リコーリを見た。

「よろしければ」リコーリが言った。「ご存知の名前があるかどうか、これから名前のリストを読み上げたいのですが」

「もちろん、どうぞ」ロビーが言った。

リコーリは十人ほどの名前を読み上げ、ロビーは注意深くきいていた。読み終わると、彼女はしばらく黙っていたが、やがて首を振った。

「誰も知りません。夫の知り合いの名前でしょうね？」

リコーリは返事をしなかった。大きな鼻の痩せた禿男だ。

「ご主人は最近、旅行をなさいましたか？」彼が言った。

「いいえ」彼女が言った。「フランシスは、そうですね、一年ぐらいどこにも行ってません」

リコーリはうなずき、ヒーリイを見た。こんなふうに一時間ぐらい続き、その間ジェッシイは話をきいていた。

ついにレベッカ・ガレンが進み出た。

「今日はもう充分お話ししたと思います。今後も妹は喜んでご質問に応じるはずですが、医者から鎮静剤を処方されていますから、飲んだほうがいいと思うんです」

「あと一つだけ質問が」ジェッシイが言った。「レイ・マリガンは？　ノッコが殺されたとき、彼はどこにいましたか？」

ロビーが首を振った。

レベッカが言った。「ノッコが先々週、首にしました」

「二人は古い友人だった」ジェッシイが言った。「学校時代からの。なぜ首にしたんですか？」

ロビーがまた首を振った。

「いざこざがあったんです」レベッカが言った。「私たちは二人とも理由を知りません。夫の世界にはあまり立ち入らないのです」

「では、今誰が警備を？」ジェッシイがきいた。

「ボブです」とレベッカ。

「あなたのところのボブ？」

「ええ。彼が両方の家を見ています」

「今レイ・マリガンがどこに居るかわかりますか？」

二人とも首を振った。

「ロビーは本当に休養する必要があります」レベッカが言った。

「もちろんです」ジェッシイは言って、立ち上がった。

ヒーリイとリコーリも立ち上がり、別れの挨拶をした。レベッカが彼らを玄関まで見送った。

車まで進入路を歩いて行くときにリコーリが言った。「ノッコ・モイニハンが死んだからと言って動揺する人がいるとは思わなかった」
「特に彼女のような人が」ジェッシイが言った。
「まさに」リコーリが答えた。

19

彼らは、海辺の町営駐車場に止めてあるヒーリイの車の中にいた。リコーリがほとんど一人でしゃべっている。

「ヒーリイ警部にレジーに関する資料を渡しました」リコーリが言った。「彼からあなたに渡っていると思いますが」

「受け取っている」ジェッシイが言った。

「背景をきく時間はありますか?」

ヒーリイがうなずき、ジェッシイが「ある」と言った。

「では、話します」リコーリが言った。「彼とノッコは問題をかかえていました」

「ブロズが引退したあとか?」ヒーリイがきいた。

「そうです」

リコーリがジェッシイを見た。

「あなたは二十年前はここにいませんでしたね」

「ああ、いなかった」

「ブロズという男が都市圏全体をほぼ牛耳っていたんです」リコーリが言った。「南はプロヴィデンス近くまで、西はスプリングフィールド、北は……何とモントリオールまでです、おそらく」

「そして、彼が引退すると、縄張り争いが起こった」ジェッシイが言った。

「彼の子どもはまだ対抗できる状態ではなかった」リコーリが続けた。「そして、怒鳴り合い、撃ち合い、取引があり、結局、ジノ・フィッシュがダウンタウンを手に入れ、トニイ・マーカスが黒人地区全部、ノッコが南、レジーが北を手にした」

「いつのことだ？」ジェッシイがきいた。

「二十年前ぐらいですかね」

「レジーが結婚したころだ」ジェッシイが言った。

「ノッコはいつ結婚したんだ？」ヒーリイがきいた。

リコーリが肩をすくめた。

「調べてみます。彼らの取引に関係があったかもしれないですね？」

「かもしれない」とジェッシイ。

「あの昔の結婚のように？　王様の妹が別の王様の弟と結婚するとか」

「たぶん」

「妻たちについては、どんなことがわかっている？」ヒーリイがきいた。

「あまり」リコーリが言った。「情報が上がってきたことがないですからね。逮捕も、事後従犯も、何もない。我々の知る限りでは、いい結婚をして大きなトラブルはないですね」

「少なくとも、周知のトラブルは」ヒーリイが言った。

「我々が把握しているものはないです」

「何か考えは、ジェッシイ？」ヒーリイが言った。

「俺が言えるのは、彼らは幸せな結婚をしていた、ぐらいかな」

「ノッコやレジーのような暴れ者が？」リコーリが言った。

「俺も納得できない」とジェッシイ。「もちろん、俺がした結婚のせいかもしれないが」

「話してくださいよ」リコーリが言った。

「俺は結婚して四十一年になるが」ヒーリイが言った。「うまく行くときもある」

「いかないときもある」とリコーリ。

ジェッシイは何も言わなかった。他の者も黙った。引き潮であらわになった海岸のなめらかで濡れた広がりは、先端が海草と貝殻の線になっていて、高潮のときにそこまで潮が満ちていたことを示していた。日の光が、波頭に沿ってすばやく動いた。

「あの女たちのことをもっと知る必要があるかもしれない」ヒーリイが言った。

「自分の資料を調べてみます」リコーリが言った。

「俺も、女たちを調査する者を何とか工面できるかもしれない」ヒーリイが言った。

ジェッシイがうなずいて、言った。

「そうしても害にはなるまい。ところで、ノッコは本当に引退していたのか？」

「いや」とリコーリが言った。「レジーのように、少しだけ」

「ヒーリイからきいたが、レジーは北のものは何でも少しずつかすめ取っているそうだ」ジェッシイが言った。

「しかし、そうは言っても、ほとんど受け身です。ノッコは違う」リコーリが言った。「ノッコはいまだに積極的に動いている」

「カネが必要だったのか?」ジェッシイがきいた。

ヒーリイが首を振った。リコーリもそうした。

「そうは思わない」リコーリが言った。

「権力が好きなんだ」とヒーリイ。

「それから、闘うことが」リコーリが続けた。

「俺たちはみんなそうだろう」ジェッシイが言った。「ところで、レイ・マリガンについて何か情報はあるんだろう?」

「たぶん」とリコーリが言った。

「わかってることを教えてくれ。やつと話がしたいんだ」

「銃撃があまりに好都合だったからですか?」

「そうだ」

ヒーリイがニヤッとして言った。

「特に撃ち手にとってはな」

20

ジェッシイは、署長室でリコーリが送ってくれたレベッカ・ガレンとロベルタ・モイニハンのファイルを読んでいた。二人は四十一歳だった。ポーラス・カレッジに行った。同じ年に結婚した。レベッカは一月、ロベルタは五月。同じカトリックの教会。わかる範囲では、二人ともそれ以前に結婚したことはない。二人とも仕事をしたという記録はない。子どもなし。犯罪記録なし。ジェッシイは報告書を置いて、椅子の背にもたれた。何もない。

どういう人生を送ったのだろうか？〝マティーニを作りましょうか、ダーリン？〟。〝夕食は何がいいかしら、あなた？〟

彼は息を吸い、ゆっくりと吐き出した。

モリイがドアから頭をのぞかせた。

「〈リニューアル〉のパトリアークだという男性が、失踪者の届けに来ていますよ、ジェッシイ」

ジェッシイがうなずくと、モリイは引き下がり、パトリアークを連れて戻って来た。彼はジェッシイの机の前の椅子に座った。

「コーヒーは？」ジェッシイがきいた。

パトリアークは、首を振り、かすかに微笑んだ。

「我々はカフェインを摂らないのです」彼が言った。

「覚えているべきでしたな」ジェッシイが言った。

「おそらく、他に覚えておかなければならないことがあったのでしょう」

「それから、忘れたいことも。誰が失踪したのですか？」

「シェリル・デマルコ」彼が言った。「昨晩帰って来なかったんです」

「そんなに厳しく監視しているんですか？」

「帰らなければならないことはありません。しかし、家族と同じように、どこにいるかは知る必要があります」

「それで、わからないんですね」

「ええ。彼女は昨日、交わるために出かけて行き、帰ってきませんでした」

「交わる？」

「会員全員にご近所の方とお付き合いをしてほしいと思っています」

「男と会っているのでは？」ジェッシイが言った。

「トッドも彼女がどこに居るか知りません」

「トッドはボーイフレンドですか？」

「ええ。今は伴侶です」

ジェッシイがうなずいた。

「彼を裏切るようなことはしない」ジェッシイが言った。

「しません」

「絶対に？」

「いや。人間はいろいろで、確実性を求めるのは難しい。しかし、彼女が伴侶を裏切るとは思いません」

「両親に連絡しましたか？」

「ご両親は我々の電話をとりません」パトリアークが言った。

「じゃ、あなたの知る限り、両親は娘の失踪を知らないわけですね？」

「両親のことはわかりません。ただ彼女の居場所を探し出し、帰宅するよう説得するために、私立探偵を雇ったことは知ってます」

「サニー・ランドル」

「彼女を知っているのですか？」

「知ってます」

「ときどき、親が子どもの誘拐の手配をすることがあります」パトリアークが言った。「自分の子どもをですよ」

「サニーのやり方ではない」

「ええ。私も彼女と話をしたとき、そういうことをする方だとは思いませんでした」

「シェリルが失踪したことをサニーに話しましたか？」

「それは気づきませんでした」

「私から話しておきましょう」ジェッシイが言った。

「彼女が助けてくれると思ってらっしゃるんですか？」

「彼女はシェリルの人相を知っている」ジェッシイが言った。「私は知らない」

「そういうことは考えなかった」

「写真をお持ちですか？」

「いいえ」

「トッドは？」

「わかりません」パトリアークが言った。「でも、きいてみましょう」

「シェリルは車を運転しますか？」

「持っていません。なぜですか？」

「もし彼女が運転免許証を持っていれば、登録所で写真を手に入れることができます」

「ああ」パトリアークは言った。「なるほど。私は、どうもそういうことにはうとくて」

「当然ですよ」ジェッシイが言った。

「彼女の人相を申し上げることはできますが」

「お願いします」

パトリアークが彼女の人相について語り、ジェッシイはメモをした。終わるとパトリアークが言った。「彼女は大丈夫だと思いますか？」

「おそらく」ジェッシイが言った。

「見つけられますか？」

「おそらく」ジェッシイが言った。

21

「両親が私を雇ったとき」サニー・ランドルが言った。「彼女がカルトに洗脳されたと言ってたわ」

彼女はジェッシイの車の助手席に座り、二人は一二八号線を西に向かって走っていた。

「それから、私に彼女を見つけ出して話をして、できれば、家に連れ戻してもらいたいって言った」

「だから、訪ねて行った」ジェッシイが言った。

「行ったわ」サニーが言った。

「それで、チャールズ・マンソンと仲間たちの小型版を見つけたわけか」

「パトリアークと直接、話をしたの？」

「した」

「私には彼らのやってることがみんな、ブラウニー隊（ガールスカウトの年少団員）のように、たわいなく思えるわ」

「それ以下だよ」

「そうね。だいたい、あのくだらないスカウト活動自体、好きだったためしはないけど」

「で、その娘は帰りたくなかったんだな」

「ええ」

「だから、ママとパパを連れて来られるかもしれないと言ったの。けど、その子に笑い飛ばされてしまった」

「でも、とにかくやってはみた」

「ええ。親に言ったの、とても邪悪には思えないから、一度見てみたら……」

「彼らは何と言った？」

「興味を示さなかったわ。話は変わるけど、親の名前はデマルコではないの。マーカムに変えたんですって」

「コンコードらしく聞こえるから？」

「そう。エルザによれば、デマルコはあまりにもノース・エンドっぽいそうよ」

「でも、娘は生まれたときの名前を維持している」ジェッシイが言った。

「おそらく」サニーが言った。「あの人たち、もう私を家に入れてくれないわ。私が一緒なら、あなたもだめ。こっちでは公的な身分がないでしょう」

「コンコードの刑事に一緒に来てもらうように手配してある。管轄権の問題があるからね」

「なるほど署長になれたわけね」サニーが言った。

「署長になれたのは、当時の町のお偉方たちが、コントロールのきく酔っぱらいをのぞんでいたからさ」

「彼らは失敗したわ」

「酔っぱらいの部分は成功した」ジェッシイが言った。「コントロールの部分はちょっと外れたかもしれないな……これまでのところ」

「私たち、今日は落ち込んでるわね」サニーが言った。「事情を話してくれる？」

ジェッシイはしばらく返事をしなかった。二号線に着いたので、西に曲がりコンコードに向かった。

「ノッコ・モイニハンが射殺された夜、みんなは俺を見つけられなかった。家で酔っぱらって正体不明になっていたんだ」

サニーがうなずいた。

「何が原因かわかっているの？」

「俺はただの酔っぱらいなのかもしれない」

「あなたが何であれ、ジェッシイ」サニーが言った。「ただの酔っぱらいなんてことはないわ」

ジェッシイが肩をすくめた。

「ディックスは何と言ったの？」

「彼に話をしたと思うのか？」

「もちろん、話したと思うわ。彼は何のためにいるの？」

ジェッシイがゆっくりうなずいた。

「今その問題を検討しているところだ」

「彼は何のためにいるのかっていう問題？」

「いや。俺が酔いつぶれた原因についてだ」

「今は大丈夫なの、署のほうという意味だけど？」

「ああ。モリイとスーツがうまく言い繕ってくれた。あのとき、別れた妻との問題で出かけていると言ってくれたんだ」

「で、町のお偉方たちは信じたの？」

「信じた。あの三人は、町で一番切れる人物というわけじゃないからな」

「もしそうだったら、おそらくお偉方にはなっていなかったでしょうね」

「言えてるな」ジェッシイが言った。

彼らは、二A号線との合流点の信号で数台の車の後ろに止まった。そこで二号線は西へ急カーブする。

「でも、いやな気分でしょう」サニーが言った。

「ああ」

「恥ずかしい」

「ああ」

「それから飲んでない?」

「ああ」

「飲みたい?」

ジェッシイがうなずいた。

「飲みたい」

「あなたがアルコール中毒だとは思わないわ、ジェッシイ」サニーが言った。「お酒を飲むことが好きなのだとは思う。不幸なとき、お酒が気分を良くしてくれるのじゃないかしら。でも、お酒を止めるべきだとは思わないわ。いい言い回しが見つからないんだけど、精神が落ち着けば、程よくお酒を嗜むことができるようになるはずだわ」

信号が変わった。ジェッシイは交差点を渡りコンコードに入って行った。

「頑張ってみるよ」彼が言った。

「きっとできるわ」サニーが言った。

二人は、コンコード警察署に着くまで黙っていた。ジェッシイが車を脇に寄せて止めた。それから、サニーのほうを向いて、彼女の腿に手を置いた。

「ありがとう」

サニーは彼の手の上に自分の手を置き、微笑んだ。

「どういたしまして」

22

彼らは、シャーマン・ケネディというコンコード署の刑事と落ち合い、コンコード警察署の車でマーカム家に向かった。

「下品だな」パトカーから降りながら、ジェッシイが言った。「だが、上品ぶっている」

「ほんとね」サニーが言った。「でも、中はもっとひどいわよ」

ケネディが笑った。

「夏になると」彼が言った。「大学に行ってたときは、工事現場でよく働きましたよ。ここでも働いた。住宅ローンが簡単に借りられた頃、ここにこういうのがたくさん建ったんです」

彼はクルーカットのがっしりとした若者で、左手首にＳｈｅｒｍ（麻薬のＰＣＰの別名）という字を控え目に刺青している。

「このあたりで抵当流れは？」

「閉店セールのようなもんですよ。バルーン方式（最終払込金が多額となるローン返済方式）の請求書の期限が突然来るんですな。あんなくそモンスターの……おっと、失礼、ミズ・ランドル……購入など考えなければよかった人たちに」

「父は警察官でしたし」サニーが言った。「私も警察官でした。これまでずっと悪い連中と付き合ってきました」

ケネディがニヤッとした。

「じゃ、くそほども気にしない」彼が言った。

「しません」サニーが言った。

「とにかく、多くの人たちが、借りるべきではないローンを借り、それで手が届かないはずの家を買った。あるいは、今は余裕がないが、家の値段が上がれば借金を払いきれると思って、家を手に入れた。しかし、価格は上がらず、負債を返済しきれなくなった……わかるでしょう」

「わかります」

彼らは玄関に向かった。ケネディが、警察バッジが見えるようにバッジ入れを胸のポケットに入れた。エルザ・マーカムが応対に出た。

「こんにちは」ケネディが言った。「ケネディ刑事です。先ほど電話しました」

エルザがうなずいた。サニーを見た。

「ミズ・ランドル」

「ミセス・マーカム」サニーが言った。「こちらはジェッシイ・ストーン。パラダイスの警察署長です」

「中に入ってもよろしいですか？」ケネディがきいた。

「お通しする義務はありませんでしょ」エルザが言った。「なにか書類をお持ちでなければ」

「そうです」ケネディが言った。「しかし、入らせていただいたほうが、おそらく、ことは簡単にすむでしょう」

「どういうことかお聞きしてから、私が決めます」

「お嬢さんが失踪したのです」ジェッシイが言った。

「知っています」エルザが言った。

「〈リニューアル〉のグループ・ホームから失踪したんです。パラダイスの彼女が住んでいたところから」

エルザはしばらく黙っていた。ジェッシイには、顔が厳しく、病的に見えた。気分が悪いかのように。やがて、彼女が言った。

「電話で連絡してくださってもよかったのに」

「そうですね」ジェッシイが言った。

「でも、ここに来ると決めたわけですね」エルザが言った。

「そうです」

「電話ではちょっと冷たいですから」ケネディが口を挟んだ。

「あなたをこちらによこせばすむことだったのに。なぜ遠いのに、わざわざこちらの女性といらしたんですか？」

「あなたに助けてもらえるかもしれないと思ったからです」ジェッシイが言った。

「私はもうあの子に対して責任はありません。あの子はどこかのキリスト狂いと同棲したいんです。私にはコントロールできません」

「お嬢さんは同棲していると思うんですか？」

「それがあの子のやり方でしょう」

「そのキリスト狂いに思い当たることは？」サニーがきいた。

「ありません」

「こういうことを以前にもしたことがありますか?」ジェッシイがきいた。

「あなたの愚かしい町でこの数ヵ月、あの子が何をしていたと思うんです?」

「では、パラダイスでの冒険以外にも何か?」

「この町をドライブしてみてください。長髪で刺青の麻薬常用者がいますから」

「町にそういうのが大勢いるのかね?」ジェッシイがケネディにきいた。

ケネディがニヤッとして、右手でShermの刺青を隠した。

「それほど多くはいませんね」彼が言った。

「充分いますわ」エルザが言った。

ケネディが肩をすくめた。

「ミスター・マーカムはご在宅ですか?」

「ジョンは仕事に出ています」彼女が言った。「他の毎日と同じように」

「勤勉ですな」ジェッシイが言った。

「エルザとジョン・マーカムでいるにはお金がたくさんかかるんです」

「しかし、それだけの価値はあるわけですな」

「一セントも惜しくはありません」

「ミスター・マーカムのお仕事は?」サニーがきいた。

「ペイス・アドバタイジングのマーケット部門の上級副社長です」

「シェリル・マーカムは?」ジェッシイがきいた。

「あの子は、私たちの屋根の下には住まないと決めました」エルザが言った。「独立したいのです。

いいでしょう。あの子は独立しました」

「お嬢さんからは連絡がないんですね」

「ありません」

「それで、どこにいるか見当もつかないんですね？」

「つきません」

「あるいは、誰と一緒かも？」

「ええ」

ジェッシイがうなずいて、サニーを見た。彼女が肩をすくめた。ジェッシイはエルザ・マーカムのほうに向き直って言った。

「お時間を割いていただきありがとうございました、ミセス・マーカム」

彼女はうなずき、ドアを閉めた。

彼らはコンコード署のパトカーに戻って乗った。ケネディがエンジンをかけ、そのままアイドリングさせた。

それから言った。「あきれましたよ」

「気づいたと思うが、彼女は、娘が見つかったら知らせてくれと頼まなかった」ジェッシイが言った。

サニーがうなずいた。

「心配してないのか？」ケネディがきいた。

「たぶん、我々がシェリルを見つければ、エルザにはわかるんじゃないか」ジェッシイが言った。

「どうしてわかるんですか……」ケネディは言いかけて、口をつぐんだ。「子どもがどこにいるか知ってるからだ」

「かもしれないな」とジェッシイ。

サニーがうなずいた。

「ということは、彼女は自分で子どもを連れ戻した」ケネディが言った。

「あるいは、その手配をした」とジェッシイ。

「自分の娘を誘拐したと思うんですか？」

「人はそういうことをする」

「で、その娘はどこに？」

「今のところは、わかりようがない」

「なぜそんなことをするんでしょう」

「娘のためか？」

「あるいは」サニーが言った。「親の恥だから。上級副社長の娘はウェルズリー大学に行ってなきゃ」

「あるいは、我々が間違っているかもしれない」ジェッシイが言った。

「私たち、しょっちゅう間違うから」サニーが言った。

「さてと」ケネディが言った。「ボスに話をしますが、たぶん、我々のできることは、せいぜいあの家から目を離さないことですね。娘がいるかもしれないですから」

「そして自由にしている」とジェッシイ。

「閉じ込められているかもしれないってことですか？」

「かもしれない。君は彼女の人相を知ってるかい？」

ケネディが首を振った。

「いや。でも、おそらく高校から彼女の写真を手に入れることができるでしょう」

「もし手に入れたら、コピーを送ってくれ」ジェッシイが言った。

「わかりました。免許証の写真はありますか？」

「いや」

「親が持ってないんですか？」

「持ってないと言ってます」サニーが言った。

「くそっ。俺なんか娘の写真を百枚も持ってますよ。まだ十一カ月だというのに」

「だが、失踪してないだろう」ジェッシイが言った。

「失踪してくれたらと思うこともありますよ。お子さんは？」

サニーもジェッシイも首を振った。

「俺はいなくても寂しいと思わないでしょう。でも妻にはつらいことです」

サニーもジェッシイもうなずいた。ケネディが車のギアを入れ、彼らはマーカム家のドライブウェイから走り去った。

ケネディが言った。「まあ、この程度で良かったのかもしれない。家が抵当流れになったかもしれなかった」

ジェッシイがうなずいた。

「ああ。そうなれば、もっとひどいことになっていただろう」

23

ジェッシイは机に座り、ノッコ・モイニハンに関する検視官の報告書を読んでいた。死因は後頭部に撃ち込まれた九ミリの銃弾。オグノフスキーと同じだ。ただオグノフスキーは二二口径の銃で撃たれている。二つの事件は、関連性がないとは言えない。あるとも言えない。実際、まだ、ほとんど何とも言えないのだ……二人とも死んだということを除けば。

署の玄関口から、ドアのバタンと閉まる音、モリイの「ちょっと待って！」という大声、続いてドスンドスンという靴音が聞こえてきた。銃をしまっておく机の引き出しを開けた。ブルーのスーツを着た巨大な男がドアを入ってきた。やっとドアを通り抜けたほどの巨漢。ジェッシイの推量では、六フィート六インチで、おそらく三百ポンド。スーツはちょっと小さめだ。男の後ろから、ブロンドの髪を大きく結った小柄な女がついて来た。花柄の服は肩がふわっとしていて、丈が非常に短い。二人が押し入ってくると、その後ろにモリイがいた。銃を出し、身体の脇で床に向けている。

「この人が誰なのか知りません、ジェッシイ」大男の後ろから叫んだ。「私を押しのけて、署長室に来たんです」

ジェッシイがうなずいた。

「座ってください」

大男は、ジェッシイの来客用の椅子に身体を押し込んだ。女は隣に座り、スカートの長さから考えてできる限り慎み深く足首を交差させた。アンクル・ストラップの靴は黒で、高いコルクの上げ底がついている。

男が言った。戸口では、モリイがまだ銃を出していたが、目立たないように側柱の後ろで握っていた。

「俺の名前はオグノフスキーだ」

どこかの洞窟から聞こえて来るような声だ。

ジェッシイが手を挙げた。

「最初に」ジェッシイが言った。「ルールがあります」

「ルール？」大男が言った。

「私の名前はジェッシイ・ストーン。ここの署長です。ここは私の警察署です」

「だから？」

「私の署では、私の部下、特にこの人の」――モリイに向かって顎をしゃくった――「言うことをきいてもらいます」

「この小娘の？」

「彼女でも、私でも、誰でもです。このルールはおわかりですね？」

「俺は好きなところに行く」大男が言った。

「落ち着いてもらわないと、まっすぐ留置所に行くことになります」

男がゆっくりと立ち上がり、ジェッシイを見下ろした。

「お前が俺を留置所に入れるだと？」

ジェッシイは引き出しから銃を出し、彼に向けた。

「そうです。もし必要なら撃ちます」

大男は、振り返ってモリイをチラッと見た。モリイが銃を向けていた。それから、振り返ってジェッシイを見ると、一度うなずいて椅子に座った。再び話し始めたとき、大男の声は和らいでいた。しかし、ディーゼル発電機のように力を放射し続けていた。

「歓迎してくれてないようだな」彼が言った。

「今のところは」

大男は、自分と折り合いをつけたかのように、再びうなずいた。ジェッシイは銃を引き出しに戻したが、引き出しは開けたままにしておいた。

「あんた、なかなか手強いな」大男が言った。

「もちろんです。署長ですから」

「俺も手強いぞ。悪いことではない」

「ときどき良いことになる」

「俺の名はニコラス・オグノフスキーだ。誰が俺の息子を殺したか知りたい」

「まだわかっていません、ミスター・オグノフスキー」ジェッシイが言った。「お気の毒なことでした」

「いつわかるんだ？」

「できるだけ早く。こちらは、どなたですか？」

「ペトロフの妻だ」

「あなたのお名前は？」

「ナタリアです」

彼女の声は小さかった。というか、オグノフスキーの声を聞いた後では、誰の声でも小さく聞こえるのかもしれない。

「お悔やみを申し上げます、ミセス・オグノフスキー」

彼女は黙って頭を下げた。

「ペトロフ・オグノフスキーの死に関しては、まだほとんど証拠がありません。あなたがたのどちらでも、何か話してくださることはないですか?」

「彼女にはある」

ナタリアは、スカートから丸見えの膝にずっと目を落としたままだ。

「何か役に立ちそうなことをご存知ですか、ミセス・オグノフスキー?」

彼女がうなずいた。ジェッシイは、まだモリイが抜いた銃を側柱の後ろに隠しながら立っているドアのほうに顎をしゃくった。

「モリイのほうが話しやすいですか?」ジェッシイがきいた。

「お前さんに話すよ」大男が言った。「さあ、彼に話しなさい、ナタリア」

彼女が顔を赤らめた。

「女です」ナタリアが言った。

「誰だか知ってますか?」ジェッシイがきいた。

ナタリアが首を振った。

「間違いないんですね?」

ナタリアがうなずいた。

「その女に会ったことは?」

ナタリアが首を振った。

「ご主人が彼女の話をしたことは?」

ナタリアが再び首を振った。

「それでも、ご主人が女と会っているのは確かなんですね?」

彼女が激しく頭を縦に振った。

「どうしてわかったんですか?」

彼女は答えなかった。

「どうしてわかったのか話しなさい、ナタリア」オグノフスキーが言った。

ナタリアが目を上げて、まっすぐにジェッシイを見た。顔が赤らんでいる。

「夜は夫と過ごします。愛し合っていると、今日は自分が彼の最初の相手ではないとわかるんです」

「どうしてわかるんですか?」

「私にはわかるんです。頭の中の声が、あの人は今日すでにこれをやってきたと言ってる気がするんです」

彼女がジェッシイをじっと見つめた。

「理解できますか?」彼女が言った。

ジェッシイが理解することが、彼女には重大なことのようだった。彼は、ジェンとの間でそういうことがあったのを思い出した。もちろん理解できる。ゆっくりうなずいた。

「ええ。理解できます」

彼女がかすかに微笑んだ。

「それは何度かあったのですか?」ジェッシイがきいた。

「何度も」ナタリアが言った。

「でも、誰かはわからない」

「わかりません」

「女が一人以上ということはありえますか?」

ナタリアがニコラス・オグノフスキーを見た。

「ペトロフは女好きだった」オグノフスキーが言った。

「だからと言って、殺されるということにはならない」ジェッシイが言った。

「手掛かりだ。俺たちが来る前よりましだろう」

「おっしゃる通り」

「お前さんがやったやつを見つけるか、俺が見つけるか。もし俺が見つければ、お前さんはずいぶん助かる」

「だが、手を出さないように警告したら?」

オグノフスキーは黙ってジェッシイを睨んだ。

それから言った。「ペトロフは一人息子だったんだ」

ジェッシイがうなずいた。

「他に話していただけることは?」

「それで全部だ」

「連絡はどこにしたらいいですか?」

「俺から連絡する」

オグノフスキーが立ち上がった。すぐにナタリアも立った。

「お前さんは、俺に勝手な真似をさせないだろうな」オグノフスキーが言った。

「させません」ジェッシイが言った。

「させる人間は大勢いるが」

「あなたには威圧感がたっぷりあるから」

オグノフスキーがうなずいた。

「お前さんのそういう態度はいい徴候だ」

彼が席を立つと、ジェッシイは彼と一緒に署の玄関まで歩いて行き、ドアの前に立って、二人が待たせていたタクシーに乗り込むのを見ていた。タクシーが走り去ると、ジェッシイはタクシーのナンバーを書き留めた。それから、モリイを見た。

「ああ、驚いた」モリイは言って、銃をホルスターに納めた。

24

「おかしいわ」ドクター・シルヴァマンのオフィスで、サニーが言った。「先生のところに来るとき、とっても矛盾した感情があるんです」

ドクター・シルヴァマンが、わからないほどかすかにうなずいた。〝その話をしましょう〟という非指示的な合図だ。

「つまり、私は良くなりたいと思っているし、ぜひとも自分のことをもっとよくわかりたいと思っています。でも、わかったことに直面しなければならないのが、いやなんです。それを先生に認めなければならないのも、いやなんです」

ドクター・シルヴァマンはうなずいて、待った。

「でも、こういういろいろな矛盾した感情があるのに、先生がどんなふうにしていらっしゃるか、いつも見たくてたまらないんです」

ドクター・シルヴァマンは頭をかしげ、眉毛を上げた。「そのことについて話して下さい」という合図だ。

「もちろん、先生は美しい。でも、これまで先生ほど完璧に冷静な女性を見たことがありません」

「冷静」

ああ、先生は面と向かって褒められても平静でいられるんだわ、とサニーは思った。

「つまり、すべてがぴったりし、すべてが調和し、すべてが適切なんです。ただ〝冷静な〟だけではありません……先生は完全なんです」

ドクター・シルヴァマンはうなずき、再び待った。

「それとも、これはみんな感情転移なんでしょうか?」サニーが言った。

ドクター・シルヴァマンが微笑んだ。

「そうじゃないといいんだけれどね」彼女が言った。

サニーが笑った。

「私、女友だちのところに行っては、その人がどんなに完全に見えるか、まくしたてているわけじゃないんですよ」

「完全ね」

「わかりますよね、すべてが機能している。有能。落ち着き。抑制。先生がどんなふうに見えるかが……先生を象徴しているんです」

ドクター・シルヴァマンはうなずき、サニーは黙った。

しばらくしてドクター・シルヴァマンが言った。「もちろん、あなたには私がどういう人間か知るすべはないわ」

サニーは彼女を凝視した。

「でも」しばらくしてサニーが言った。「週二回、先生にお会いするようになって、かなりたちます」

「でも、私たちはいつもどんなことを話している？」

サニーはしばらく黙っていた。それから、かすかに微笑んで言った。

「私のことです」

ドクター・シルヴァマンがうなずいた。

「じゃ、どうして、ただどのように見えるかだけを基に、こんな先生のポートレートを描いてしまったのかしら？」サニーが言った。

「それを知るのは面白いかもしれないわ」

二人は黙った。

「先生は魅力的です」サニーが言った。「それから、学識がある――ハーバード大学で博士号をとった心理療法士《サイコセラピスト》ですから。恋愛もうまくいっているんでしょう？」

ドクター・シルヴァマンは答えなかった。

「もちろん、私の問題で、先生のではありません」

ドクター・シルヴァマンは、頭をかすかに動かして同意した。サニーは椅子に深く座り直し、天井を見上げながら考えた。

「じゃ、なぜ先生に、私が今言ったような女性になってもらう必要があるのかしら？」

さらなる沈黙。ドクター・シルヴァマンが沈黙を破った。

「あなたが言ったような女性を知っているの？」

「いいえ。あまり」

「では、男性でも女性でもかまいません。そういう人を知っている？」

「父です。それから、たぶん別れた夫」

さらに沈黙。

「父と」サニーが言った。

「前夫です。きっとかなり精神分析に関わることがあるんですね」

ドクター・シルヴァマンは、完全に同意したふうもなく、うなずいた。サニーには、なぜそんなに曖昧な態度でいられるのか、理解できなかった。

「あなたはそういう女性？」ドクター・シルヴァマンがきいた。

「私が？」

ドクター・シルヴァマンがうなずいた。

「とんでもない」

「そういう女性になりたいかしら？」

サニーは天井をまた少し眺めた。それから、目を落とすとドクター・シルヴァマンを見た。

「ははあ、なるほどね！」彼女が言った。

25

「タクシー会社と話をしました」モリイがジェッシイに言った。「タクシーは、ミスター・オグノフスキーと義理の娘さんをボストンのフォーシーズンズ・ホテルの前で拾い、ここに連れて来て、またフォーシーズンズに連れ帰ったそうです」

ジェッシイがうなずいた。

「ホテルに電話したところ、オグノフスキーは宿泊名簿にありませんでした」

「他のホテルも電話してみてくれ」

「別名でそこにいるかもしれません」

ジェッシイがうなずいた。

「あるいは、別の場所にいたけれど、便利だから、あるいは、我々を混乱させるために、あのホテルでタクシーを拾ったかもしれません」

ジェッシイがうなずいた。

「他のホテルも電話してみます」モリイが言った。

「いい考えだ」

モリイは出て行きかけたが、立ち止まり、ドアを閉めてジェッシイのところに戻って来た。

「お元気ですか？」彼女がきいた。

「質問の意味がはっきりしないな」ジェッシイが言った。

「あの精神科医と話をしたんでしょう？」

「ディックスか。したよ」

「何と言ってました？」

「うなずいて、〝ふむ、ふむ〟と言った」

「ということは？」

ジェッシイがニヤッとした。

「〝それについてはまた話すことにしよう〟という意味じゃないかな」

「そういうことを信じているんですか？」

「精神療法のことか？　希望は持っている」

「署長のためになっていると思います？」

「昔よりはよくなった」

モリイがうなずいた。

「前の奥さんから連絡は？」

「ない」

モリイはしばらく黙っていた。ジェッシイは待った。

「あなたとサニーはどうなんですか？」

「まあまあだね」

「〝まあまあ〟ってどういう意味ですか?」

「そのことについては話したくないという意味だ」

モリイがうなずいた。

「そういう意味だろうと思ってました。サニーは素敵な女性ですよ」

「君もだ」

「そうよ」彼女が言った。「でも、私は結婚してますからね」

モリイが微笑んだ。

「けど、サニーはしていない」ジェッシイが言った。

「まさにその通り」

「彼女は離婚したんだ。だが、まだ引きずっている」

「署長は?」

「俺もだ」

「だから、先週、正体を失うほど飲んでしまったんですね」

「後悔している。ジェンとは終わったんだ」

モリイがうなずいた。

「あのとき、俺をかばってくれたことに感謝しているよ」

「スーツもよ」モリイが言った。

「わかってる」ジェッシイが言った。「君たちはこれといった理由もないのに、俺のために危険を冒してくれた」

「署長は立派な警察官です。暴飲でキャリアを終わらせるようなことはご免でしたから」

「暴飲は初めてじゃない」ジェッシイが言った。「だが、ありがとう。今の俺の財産は、警察官であることだけなんだ」

「署長には私たちがいます」モリイが言った。

「私たち？」

「パラダイス警察。私たち全員。署長の家族のようなものです」

「家族か」

「忘れないでくださいね。私たちは署長のことを愛しているんですよ。私たちみんなが」

「君もか？」

「私は特別に」

「ということは、君と俺は……」

「ノー」モリイが言った。「そういうことではありません」

彼女がジェッシイを見てニヤッとした。

「でも、代わりに私を巡査部長に昇進させてくれてもいいですよ。わかるでしょう。感謝のしるしに」

「絶対だめだ」

モリイが大きなため息をついて言った。

「イエスと言ったほうがよかったかもしれない」

26

スーツの運転でサウスイースト・エクスプレスウエイを走っていた。

「なぜヘンプステッドに行くんです？」スーツが言った。

「レベッカとロベルタ・バングストンについて、何かわかるかもしれないからだ」ジェッシイが答えた。

「ヘンプステッドの出身なんですか？」

「そうだ」

「誰と話をするんです？」

「まずヘンプステッド警察署長」

「すげえ」スーツが言った。「同じ部屋に署長が二人。俺は何をするんです？」

ジェッシイがニヤリとした。

「俺たちはコーヒーが飲みたいかもしれない」

スーツがうなずいた。

「お役に立てて嬉しいです」

ヘンプステッドは、南部の通勤者用郊外住宅地としては最も豊かな町だ。警察署はグリーンのシャッターのついた白い下見板張りの建物だった。

「しゃれてるな」スーツが車を降りながら言った。

「赤レンガのどこが悪いんだ?」ジェッシイが言った。

「ありふれてるからですよ」

「そうか」

署長室は大きかった。大きな机と、大きなアメリカの国旗と、ゴルフコースを見下ろす大きな窓があった。署長は黒髪で太っていたが、制服は誂えものでぴったりしていた。

「ハワード・パロットだ」ジェッシイが入ってくると、言った。

「ジェッシイ・ストーンです」ジェッシイが言った。「こちらはルーサー・シンプソン」

全員が握手をした。

「二人の元住人について調べにきました」ジェッシイが言った。「双子です。ここに住んでいたときは、ロベルタとレベッカ・バングストン」

「バングストン家は、このあたりでは有名だ」パロットが言った。

「知ってるんですか?」

「バングストン夫妻は知っている。海沿いに大きな家を持っていて、毎年、大きな野外パーティを開いて、カトリックの慈善団体のために多額の金を集めているよ」

「双子は四十一歳ぐらいですが」

「だとすると、二人は一九八六年に高校を卒業している」

パロットがニヤッとした。

「私の計算が速いわけじゃない。甥の一人がその年に卒業したんだ。姉の子どもだがね。当時、私は巡査だった。子どもたちは盛大なビールパーティをやっていて、我々はそれを解散させなければならなかった。私が居合わせなかったら、甥は留置所に放り込まれていただろう」

「叔父はそういうときのために存在するものです」

「その通り。奉仕し、保護し、甥を救出するためだ」

パロットは再びニヤッとして、椅子の背にもたれた。

「今では、やつも警察官だ。私の下で働いている」

「たぶん、感謝しているのでは」

「もちろん。やつは子どもだった。あなたがたは飲み過ぎることは？」

スーツがうなずいた。

ジェッシイが言った。「ときには」

「そうだろう」パロットが言った。「私もだ。ところで、なぜバングストンの娘さんたちに関心を持ったのだ？」

「ロベルタの夫が殺されたんです」ジェッシイが言った。

「本当か？　なんということだ。娘さんたちを疑っているのかね？」

「いや」

「では、なぜここまでやって来て、娘さんたちの話をしているのだ？」

「ほかに行くところがないんですよ」

「それが、警察の仕事というもんだろうな」パロットが言った。

「どこかからか始めなければならない」ジェッシイが言った。

「一つ提案させてくれ」パロットが言った。「私は昼にロータリークラブの会合に出なければならないが、甥がここにいる。あなたがたをやつに任せよう。例の娘さんたちのことも知っていると思う」

「同じ高校に行ったんですか？」

「いや。甥はヘンプステッド・ハイスクールに行った。バングストンは子どもをホーリー・スピリットにやったはずだ」

「カトリックの学校ですね」ジェッシイが言った。

「しかし、学校は近いから、子どもたちには付き合いがある」

パロットは身体を乗り出すと、インターコムのスイッチを入れた。

「マイク・メイヨ巡査部長、署長室に来てくれ」パロットが言った。

27

　メイヨがウエイトリフティングをしているのは明らかだった。穏やかな顔つきの大きな男で、髪は短い赤毛、首廻りは十九インチもある。紹介されると、ジェッシイとスーツと握手をした。

「マイキー」パロットが言った。「こちらはバングストンの双子に関心を持たれている。君は双子を知ってるか？」

　メイヨがニヤッとして言った。

「知ってます」

「ジェッシイとルーサーに双子の話をしてやってくれないか？　私はロータリーに行かなければならない」

「わかりました」

「私のオフィスを使いなさい。終わったらドアを閉めておくように」

　パロットは、ジェッシイとスーツと握手をし、出て行った。メイヨは、ぐるっと回って、パロットの机を前に座った。

「この椅子のサイズは俺にも合うかな」

「パロット署長にバングストンの双子を知っているかときかれたとき、君はニヤッとしたね」

メイヨがうなずいた。

「なぜ二人のことを知りたいのか教えてください」

ジェッシイが教えた。

「家が隣同士なんですね」メイヨが言った。

「ああ、そうだ」

メイヨが首を振り、またニヤッとした。

「俺は双子を知ってました。みんな知ってましたよ。俺たちはヘンプステッド、あの子たちはスピリットに行ってましたけど、一緒に遊んでいた。俺たちはみんな、スピリットの女の子は簡単にやれると信じていた……高校がどんなところか知ってますよね」

「いつも期待している」ジェッシイが言った。

メイヨがうなずいた。

「二人をバンバン・ツインズと呼んだものです」

「実際、簡単だったからかね？」

「そうです」

「別に関係ないが、君は……？」

「俺たち、ほとんどがやりました」メイヨが言った。「でも、二人にはトリックがあったんですよ」

「トリック？」

「どっちとセックスをしているか絶対にわからないんです」

「わざとか？」

「そうなんですよ。二人は入れ替わるのが好きで、俺たちは、片方と過ごしたあと、次も同じ相手と会っていると思うと、実はもう片方なんです」

「どうしてわかるんだい？」スーツがきいた。

「終わったときに、話してくれるんだ。ときには、代わる代わる現われて、どっちがどっちか俺たちに当てさせるんです」

「カトリックの教えを真面目に受け取っていたとは言えないな」とスーツ。

「両親は真面目なんですけどね」メイヨが言った。

「二人は、この双子のセックス・トリックで有名なのか？」ジェッシイがきいた。

「ええ、だからバンバン・ツインズ」

「なぜそんなことをするんだろう？」

「好きだったんだと思いますよ」メイヨが言った。「いつも双子でいることに熱心だった。つまりですね、多くの双子は、異なった服を着て、異なったヘアスタイルをし、たぶん、異なった化粧をする。要するに、全く同じにはなりたくないんだ」

「バンバンは、同じになりたかったのか？」

「そっくりになりたかったんです」メイヨが言った。「小学校のときは、同じ服で、同じ髪型で、何もかも同じにして学校に来たもんです」

「じゃ、母親が娘たちをそっくりに見せたかったのかもしれない」ジェッシイが言った。

「そうかもしれないですね」

「両親を知ってるかね？」

「あまり。父親は建設請負業者でした。亡くなっています。大金持ちで、海辺に大きな家があり、教会のことに熱心です。たぶん罪悪感からでしょう」

「何に対して？」ジェッシイが言った。

「父親は、常にいかがわしいところがあったんです。有罪になったことはなかったけど、建設契約の仕様書通りに仕事をしていないという噂は多かった。州との談合の噂もたくさんあった。そんなことです。遊び回っていると噂する人も多かった」

「死亡の原因は？」

「心臓発作です。クリーブランドへ出張中に。腹上死だと思います」

「母親は？」

「まだ元気ですよ」

「連れてってくれるかね？」ジェッシイが言った。

「いいですよ」メイヨが言った。

28

ミセス・バングストンは無愛想な女性だった。背は高くないが背筋がピンとしている。髪は鉄灰色。鼻眼鏡をかけている。ジェッシイは小学校の校長を思い出した。彼らは、ヘンプステッド湾を望む、正面がガラス張りの、大きなモダンな家のリビングに座った。白い下見板張り、風雨にさらされた板葺き屋根といった町の雰囲気とは全くそぐわない家だ。さらに、どこを見ても詰め込み過ぎのヴィクトリア調の家具とも全然調和していない。まるで、互いを無視して、夫が外を建て、彼女が中に家具を入れたかのようだ。

「ロベルタの夫が死んだことは知りませんでした」彼女が言った。「それをきいて残念に思いますが、殺されたとは、もっと残念です」

「誰も知らせてくれなかったんですか?」ジェッシイが言った。

「ええ」

「あなたを思いやってのことかもしれませんね」

「娘たちは、クリスマスとイースターにはいつも電話をくれます」ミセス・バングストンが言った。「母の日には花を贈ってくれます。私は、娘たちに来る郵便を転送します」

「何年も経っているのに？」

「ええ、まだここに郵便が届くんです」

「お嬢さんたちに、よく会われるんですか？」

「それほどでもありません」彼女が言った。「あの子たちは、義務は果たしますが、それ以上のことはしません」

「お嬢さん方のご主人はご存知ですか？」

「二人とも会ったことがありません」

「結婚式でも？」ジェッシイが言った。

「ええ」

「どちらの結婚式でも？」

「ええ」

ミセス・バングストンの前のコーヒーテーブルの上にビーズのロザリオが載っている。彼女がそれを見た。

「結婚式には出席なさらなかったんですか？」

「ええ」

「招待はされたんですか？」

「ええ」

「でも？」

「二人が結婚しようとしていた相手を認めなかったんです」ミセス・バングストンが言った。

「相手の何を？」ジェッシイが言った。

「二人とも犯罪者でした」

「どうしてわかったんですか？」

「夫が話してくれました」

「ご主人は二人を知っていたんですね？」

「さあ」ミセス・バングストンが言った。

「夫は大勢の人を知っていました。ビジネスが夫の領分で、私の領分は家と家族でした」

「ご主人は、お嬢さん方が結婚した相手とビジネスをしていたんですか？」

「わかりません」

彼女は前かがみになって、コーヒーテーブルの上のロザリオを取り上げると、左手に握った。

「娘たちには、私たちがしてやれる最善の宗教教育を受けさせました。ホーリー・スピリッツ・ハイスクールとポーラス・カレッジです。最初の聖体拝領をお揃いの白いドレスを着て並んで受けました。一緒に堅信礼を受けました……なのに、犯罪者と結婚したんです」

「あなたにとって教会は重要なんですね」

ジェッシイは、自分でも話をどこに持って行こうとしているのか、まるでわからなかった。しかし、彼女に話し続けてもらいたかった。

「教会は、ずっと生活の中心にありました」彼女が言った。「夫と私は、日曜日にはいつもミサに参加しました。夫が亡くなってからは、毎朝参加します。慰めになっているんです」

「お嬢さんたちほどそっくりな双子は見たことがありません」ジェッシイが言った。

「そうですね。私でさえ、区別できないことがあります」

「同じような服を着る。髪型も、化粧も、立ち居振る舞いも、何もかもそっくりだ」

「そうですね」

「あなたが勧めたんですか？」

「もちろんです。神様が二人をそっくりにしておこうとお思いにならなかったら、初めからそっくりにはお創りにならなかったでしょう」

「ご主人もそのように感じておられたんですか？」

彼女は微笑すると、ジェッシイの後ろの広い窓から湾の白波を見た。

「夫はよく言ってました。自分はよその父親よりもラッキーだ。同じ娘を二度も持つことができたと」

部屋は静かだった。メイヨは、ジェッシイの少し後ろに座り腕を組んでいる。スーツは、ジェッシイの隣で、膝の上に手を組んで座っている。

「何か質問はあるか、スーツ？」ジェッシイがきいた。

スーツは驚いたように見えた。ジェッシイは待った。

「お嬢さんたちは、良い子でしたか？」スーツがやっときいた。

「小さい頃は、天使でした。大人になると、私を失望させました」ミセス・バングストンが言った。

「あなたが認めなかった男と結婚したことの他に何か？」

「ありません」

スーツがジェッシイを見た。

「捜査の助けになるようなことを、何でもいいです、思いつきませんか？」ジェッシイがきいた。

「何もありません」

部屋が静まり返った。ミセス・バングストンは、相変わらずジェッシイたちの後ろの海を見ていた。

あたかも、彼らとはすでに別れてしまったかのようだ。ロザリオが左手の中で動いている。ジェッシイは、彼女が祈っていることに気づいた。彼は立ち上がった。

「お時間を取ってくださり、ありがとうございました、ミセス・バングストン」

彼女はかすかにうなずき、左手でロザリオをゆっくり動かし続けている。

「お見送りは結構です」

再び、かすかにうなずいた。

三人の警察官は出て行った。

29

「バンバン・ツインズか」ボストンに向かって三号線を走りながら、スーツが言った。

「そうだな」

「俺が高校にいたときにも、バンバン・ツインズがいればよかったなあ」

「運さ」ジェッシイが言った。

「署長は、あの姉妹はとってもすばらしいと言ってましたよね」スーツが言った。

「ああ、言った」

「けど、あとの半分は知らなかった」

ジェッシイがうなずいて言った。

「いまでもバンバン・ツインズなのか知る必要があるだろうな」

「俺が調べましょうか？」

「ああ。お前はこの町で育った。双子はここに住んでかなりになる。お前なら、共通の人物を少しは知っているかもしれない」

「あんなふうな人たちは一人も知りませんよ」

「ヘイスティ・ハザウェイの奥さんはどうかな？」ジェッシイが言った。

スーツの顔が赤らんだ。

「何でも覚えているんですね」

「もちろんさ。署長だからな」

「あの母親はちょっと変わってましたね」スーツが言った。

「信心深いんだ」ジェッシイが言った。

「だからそう言ったんですよ」

「信仰は人によってはうまくいく」

「バンバン・ツインズには効き目がなかった」

「若いと批判的になるものだからな」

「えっ！　双子のやってることは、構わないとでも思ってるんですか？」

ジェッシイが肩をすくめた。

「ミセス・バングストンは、バンバンのことを知ってると思いますか？」スーツが言った。

「思う」

「なぜ娘たちに失望したのかときいたあと、黙ってしまったからですか？」

「ああ」

「ほら」スーツが言った。「俺も気づくんですよ」

「そうだな」ジェッシイが言った。「次の出口にドーナッツ屋がある」

「署長も気づくんだ」スーツはそう言うと出口に向かった。

彼らは、駐車場の車の中でドーナッツを食べコーヒーを飲んだ。

「いかにもアメリカ的な食事だ」スーツが言った。

「非常に栄養がある」ジェッシイが言った。「父親は、どうしてノッコとレジーが悪い奴らだと知っていたんだろう」

スーツがドーナッツを飲み込み、コーヒーを飲んだ。

「一緒にビジネスか何かをしたのかもしれないですね」スーツが言った。「メイヨが、父親はちょっとうさんくさいと言ってたから」

「わかれば助かる」ジェッシイが言った。

「なぜですか？」

「知らないからだ」

「いつもそう言ってますね」

「知っているときを除けばな」

「もちろん。で、こういうことは俺たちが抱えている二件の殺人事件を解決するんですか？」

「たぶん」

「あるいは、解決しないかも」

「ああ、解決しないかもしれない」

「こっちの問題も調べるべきでしょうね」スーツが言った。

「それは俺がやる」ジェッシイが言った。「お前はバンバン・ツインズのほうを当たれ」

「なら、なぜ、はるばるヘンプステッドまで俺を引きずって行ったんですか？」

「訓練だ」

「俺も署長のような一流の刑事になれるようにですか？」

「よく観察して学べ、だな」

「してますよ。すでに、いくつか語彙を覚えました。たぶん。かもしれない。可能性がある。わからない」

「もしパラダイスに刑事の枠ができたら、お前は一番に任命されるだろう」ジェッシイが言った。

スーツがニヤッとした。

「たぶん、でしょう」彼が言った。

30

マーカム夫妻は、コンコードのダウンタウンと二号線をつなぐ道路の脇のサークル（環状の道路）の先端に住んでいる。サニーは、道路を挟んでサークルと反対側の、五十ヤードぐらい先に車を止めた。この件に関わって二週目だ。携帯電話が鳴った。ジェッシイだった。

「ああ、よかった」サニーが言った。「退屈で気を失いそうだったの」

「何をしているんだ？」ジェッシイが言った。

「車の中からミセス・マーカムを調査しているのよ」

「シェリル・デマルコの母親か？」

「そう」

「放っておくことができないんだな？」ジェッシイが言った。

「ええ、できないの」サニーが言った。「子どもが心配なのよ」

「これまでに何かわかったかい？」

「ミセス・マーカムはヨガのレッスンを受けている。食料品の買い出しに行く」

「もちろん、娘がどこにいるか知らないかもしれない」

「そういう可能性もあるわね」

「シェリルが家の中にいる可能性は？」ジェッシイが言った。

「そんなことはないと思うわ」サニーが言った。「娘をどこかにやってしまっても平気なタイプの人たちよ」

「どこにやってしまうんだろう？」

「初めて会ったとき、娘を誘拐してくれるような人を知らないかときいたのよ」

「じゃ、誘拐も、彼らが考えつかないことはないんだな」

「そうなの」

「だが、誰かが娘に出会い、一緒にある場所に行くよう説得しなければならない」ジェッシイが言った。「そして、その場所に彼女がとどまるように仕向けなければならない」

「そうね」

「それは誰だろう？」

「わからないわ。でも、探し出せるかもしれない」

「計画はあるのか？」

「みんながみんな、若い娘をむりやり行きたがらない場所に連れて行くわけじゃないでしょう。たとえ親から頼まれたとしても」

「そうだな」

「それに、あの人たち、そんなことをしてくれる人を知ってるようには思えないわ」

「ああ、思えないな」

「弁護士なら別だけど」

「それも、この計画にぴったりの弁護士」

「彼らの弁護士が、ぴったりの弁護士を知ってるかもしれない」

「あるいは、たまたま弁護士になっている友人がいるかもしれない」ジェッシイが言った。

「その友人がアイヴィ・リーグのロースクールへ行ったならね」サニーが言った。

「どれもみんな仮説で、想定で、推測よ」

「それを探偵というんだろう」

「でも、それって、コンコードで車にじっと座って、おかしな服を来た人たちが自転車を乗り回しているのを見ているのと同じぐらい面白いのかしら?」

「どっちもどっちだろう」

「でも、試してみる価値はありそうね」サニーが言った。「ところで、私と私の事件のことを話すために電話をくれたの?」

「実は、俺と俺の事件のことを話すためだったが、横道にそれてしまった」

「私と私の事件のせいで?」

「そうだよ」

「じゃ、お元気?　あなたの事件はどう?」

「俺が酔いつぶれて、モリイとスーツがかばってくれたときのことを話したことがあったろう。俺を暴走させた理由の一つは、ギャングと結婚したあの女たちに会ったことなんだ。完璧な妻に見えた」

「それで精神的に動揺してしまったのね」サニーが言った。「どうしてあいつらで、俺ではないんだ」

「そうなんだ」ジェッシイが言った。「君はそういう精神的動揺を知っているか？」

「ええ」

「今話をしている君を除いて、俺は、この二人ほど人を惹きつける女を知らないな。一卵性双生児だ。しかも、高校では、バンバン・ツインズとして有名だった」

「誰とでも寝ていたのね」

「二人は、よく同じ男を相手に入れ替わって、区別がつくかチェックしていた」

「すごい。でも、私たちのように、ビバリーヒルズの高級ブティックの更衣室でセックスをしたことはあるかしら？」

「たぶん、同時にな」

「続きを話して」サニーが言った。

ジェッシイは続けた。彼が話し終わると、サニーは電話の向こうでしばらく沈黙していた。それから言った。「成長した二人が素敵な女性になっていなかった、ということにはならないわ」

「いまでもバンバンやっているのではなければな」

「バンバンが何を意味するのであれ、殺人の動機につながりうるでしょうね」

「そうだろうね」

「それから、二人はそれぞれ夫と一緒に、隣同士に住んでいる」

「そうだ」

「あの人たちについて知ったことで、女の評価がしにくくなったかしら？」

「そして妻の評価も」

「もっとしにくいわね」

「非常にしにくい」

「ディックスは何か見抜いてくれたの？」サニーが言った。

「まだ会ってないんだ」ジェッシイが言った。「まずは、バンバン・ツインズが今はどうなっているか知る必要がある」

「でも、双子に対するあなたの最初の反応については話したのでしょう」

「ああ」

「何か面白いことを言ってくれなかったの？」

「くれなかった。でも興味を持ったようだ」

「そこがスタートね」

再び、携帯電話を握ったまま二人は沈黙した。

「ディナーはどうかな？」ジェッシイがきいた。

「今夜？」

「ああ」

「そっちに行くわ」

「ほんとうかい？　夜帰るとき長いドライブになるぞ」

「小さなスーツケースを持って行くかもしれないわ」

「それはいいアイディアだ」

「希望を持っちゃだめよ」

「俺はいつも希望を持っているんだ」

「いいことをきいたわ」

「どちらにしても、君に会えれば嬉しい」

「どちらにしても？」

「どちらにしても」

またも、二人は黙った。

それから、サニーが言った。「〈グレイ・ガル〉で？」

「七時に」ジェッシイが言った。

31

シャワーを浴びたばかりのサニーは、ジェッシイのリビングで一人、ジェッシイのシャツをバスローブ代わりに着て、ペイス・アドバタイジングに電話し、ジョン・マーカムと話をしたいと言った。

「ミスター・マーカムは今週シカゴに行っております。ボイスメールに転送いたしますか?」

「いいえ、けっこうです。おたくには、弁護士のスタッフはいますか?」

「ミスター・カーヒルのことでしょう。おつなぎしますか?」

「ええ。お願いします」

電話が沈黙し、それから受話器が取り上げられ、男の声がした。「ドン・カーヒルです」

「もしもし、ミスター・カーヒル」サニーが言った。「こちらはジョン・マーカムの部署のソニア・ストーンです。ミスター・マーカムは出張中でして、ちょっと頼みごとがあるのですが」

「何ですかな、ソニア」

「ミスター・マーカムから、あなたが紹介してくださった弁護士に電話をするように言われたのですが、名前と電話番号をどこかにやってしまって」

「それをきいたら、ジョンは怒るだろう」

「そうなんです。助けていただけませんか？」

カーヒルが笑った。

「カーヒルよ、救助に向かえ、か。ちょっと待ってくれ」

サニーは待った。カーヒルが電話に戻った。

「ハリー・ライルだ」と言ってから、電話番号を読み上げた。

「ありがとうございます。本当に助かりました」

「それじゃ、ソニア、いつでもいいからお礼に立ち寄ってくれ」

「ええ、そうします」サニーはそう言って電話を切った。

カウンターの後ろのオジー・スミスの写真を見た。

「ときどき、オジー」彼女が声に出して言った。「自分に感嘆するわ」

バスルームに行き、着替え、ベッドを整えた。ベッド脇にあったジェンの写真は消えていた。小さなスーツケースに荷物を詰めながら、微笑した。

ソニア・ストーンですって？

朝食を片付けた。主婦の真似をするのはちょっと楽しかった。片付け終わると、リビングに戻って、ボストンの電話帳を取り出し、ハリー・ライルを探した。刑事弁護士の項に載っていた。彼女は電話をかけ、ローズ・ペインターの名で予約を入れた。それから、ジェッシイのメモ帳が置いてあるキッチンに行って、テーブルに座り、彼宛のメモを書き、ベッドの枕の上に置いた。


小さなスーツケースを持って来て良かったたわ。

愛を込めて

S

車でボストンに戻る間、ジェッシイのことを考えていた。彼とのセックスは好きだった。彼の何もかもが好ましかった……セックスのパートナーとして。でも、生涯のパートナーとしては？　飲酒と前妻の問題がある。サニーには、彼が本当にジェンとジェンに対する感情を捨て去ることができたのか、確信が持てなかった。

小さく乾いた笑い声をあげた。

私がリッチーから自由になるように、彼もジェンから自由になるのか。ジェッシイは私をどう見ているのだろうか？　私には飲酒の問題はない。でも、彼が別れた奥さんに執着しているより、私のほうが、もっと別れた夫に執着しているかもしれない。二人とも次善の策で我慢しようとしているのかしら？

ドクター・シルヴァマンが、かつて言ったことがある。サニーは他の男を鎮痛剤として使っていると。彼女とジェッシイは同じことをしているのだろうか、お互いに傷をなめあっているのか……でも、これでいいんじゃないかしら、とも思えた。

32

「チャーリー・トラクサル」リタ・フィオーレが言った。「こちらはジェッシイ・ストーン」

ジェッシイはトラクサルと握手をした。

「チャーリーは、ノーフォーク郡地方検事局の主任捜査官よ」リタが言った。「ジェッシイはパラダイス警察署長」

「リタの友人は、みんな俺の友人」トラクサルが言った。

「だから、いろんな人がいるわよ」とリタが続けた。

彼らは、〈ロック・オーバー〉でランチを食べていた。

「リタが話してくれたが、君は昔ロサンゼルスにいたそうだね」トラクサルがジェッシイに言った。

「強盗殺人課だ」

「じゃ、実際に街に出て仕事をしたんだ」

「ああ」

「チャーリーは、私が検事局にいたとき、よく一緒に仕事をしたの」リタが言った。「私の知る限り、ボストンから南の犯罪について誰よりもよく知ってるわ」

「リタだってよく知っていたさ」トラクサルが言った。「出世して立派な大法律事務所に行くまでは」

「その事務所があなたの今のランチ代を払ってくれているのよ」

「そこが立派な大法律事務所の好きなところだ。ロブスター・サバンナを食べようかな」

「ジェッシイは、サウス・ショアで起きた犯罪の噂を探しているの」

トラクサルがジェッシイを見た。

「来るべきところに来たね。何が知りたい？」

「ニール・バングストン」ジェッシイが言った。「ノッコ・モイニハン、それにレジー・ガレンについてだ」

トラクサルは後ろにもたれて、アイスティーを飲んだ。頑丈そうな男だ。グレイの髪にべっ甲縁のメガネ。

「あのくそ野郎は一度も捕まえられなかった」

「どいつだ？」ジェッシイが言った。

「どいつもくそ野郎だ。しかし、一番捕まえたかったのはバングストンだ」

「なぜ？」

「やつを捕まえたことがないからだ。モイニハンもガレンも刑務所に入れた。しかし、バングストンはまだだ」トラクサルが首を振った。「いわばヘンプステッドのバングストン卿さ」

「汚いのか？」

「とてつもなく」トラクサルが言った。

「証明できなかったのか？」

「一度も」

「ノッコとレジーとはつながってるのか？」ジェッシイが言った。

「ああ」

「そこのところを話してくれ」

「俺が証明できるものがほしいのか？」

「知ってることを話してくれ」

「バングストンは、建設業をやっていた」トラクサルが言った。「ノッコは、昔やつのところで働いていた。レンガ職人だ。ノッコはタフな男だった。ボクシングをやっていたから、ものすごく強かった。評判だった、わかるだろ？　バングストンの仕事や給料が気に入らない者とトラブルが起きると、その問題の話し合いに、ノッコを送り出した。バングストン建設が大きくなればなるほど、話し合いも増えていった」

「たとえばどんな？」

「基準を満たさない建築、労働組合を作らせない職場、最低賃金以下の給料、不法移民、多くの水増し請求」

「それで、ノッコはどんどん重要になった」

「バングストンも重要人物になった。ヘンプステッドの大物だ。教会の大物でもある。彼は、毎年自分の庭で大きなチャリティ・イベントを開いた。実家が重要な家柄で、金持ちのカトリックの女と結婚。どんどん出世した」

リタは、黙って二人の話をきいていた。ジェッシイは、レストランに入ってくるほとんどの客がリタを見ることに気づいた。

「やがて、ノッコはフリーランスで仕事を始めたが、恐喝で捕まり、ガリソンで三年服役した」

「そこでレジー・ガレンに出会ったんだ」とジェッシイ。

「心の友だ」

彼がリタを見た。

「こういう話をきいて戻りたくならないか?」トラクサルが言った。

「三万ドルのサラリー以外の部分ではね」彼女が言った。

「とにかく、二人が刑務所を出たあと、バングストンはノース・ショアで勢力を拡大させようとしていて、レジー・ガレンとの間にトラブルが持ち上がっていた。レジーは、バングストンがノース・ショアでやることにいちいち警備費を請求していたんだ。そこで、バングストンはノッコを呼んでその問題について話をした。すると、ノッコは〝そいつなら知ってる〟と言い、すぐに奴らはみんな親しくなった」

「ちょっと俺の想像を言わせてくれ」ジェッシイが言った。「レジーはノース・ショアを、ノッコはサウス・ショアを手に入れた」

「そして、みんな金を稼いだ」

「バングストンの双子の娘が、その二人の手下の凶悪犯と結婚してるんだが、知ってるか?」

トラクサルがうなずいた。リタがそっと口笛を吹いた。

「ああ」彼が言った。「だが、バングストンは、どうもあまり気に入ってなかったようだ。もっとも、今ではノッコとレジーがバングストンのために働いていたのか、バングストンが二人のために働いていたのか、はっきりしないが」

「あんたは長い間かけて、証拠を積み重ねてきたんだ」ジェッシイが言った。

「書類をたくさん読んだし、大勢の人と話もした」

「だが、誰も記録するとなると話さないだろう」

「ああ、話さない」

「それじゃ、書類も役に立たない」

「そうだな」

「慎重な男たちだ」

「それに、頭が切れる」トラクサルが言った。「あんたが興味を持ったのは、ノッコがあんたの街で殺害されたからだろう」

「そうだ」

「あんたは、とことんやるほうだね」

「そうなんだ」ジェッシイが言った。「レジー・ガレンの下で働いていた男も殺された」

「関係あるのか？」

「ありそうだ」

「二人の乱暴者が？」リタが言った。「同じ月に？　パラダイスのような町で？　私なら非常に関係ありそうだと言うわね」

「むろんだな」トラクサルが言った。「その男はレジーのためにどんなことをしていたんだ？」

「用心棒」

「容疑者は？」

「実はまだだ」

「バングストンの娘たちが関わっていると考えているのか？」トラクサルが言った。

「さあ」

「あんた、娘たちについて質問したんだぞ」

「俺はあらゆることをきくんだ」ジェッシイが言った。「二人の評判を何か知らないか？」

トラクサルがニヤリとした。

「バンバン・ツインズか？」

「知ってるようだな」

「私は知らないわ」リタが言った。「だから、知りたい。バンバン・ツインズって？」

男たちはリタに説明した。説明が終わると、リタはしばらくじっとしていた。

それから、言った。「私も双子だったらよかったのに」

33

ハリー・ライルは背が高く、恰幅のいい男だった。生え際が禿げあがり、よく日に焼けている。青いピンストライプのダブルのスーツに、白いシャツ、白いシルクのタイを締めていた。サニーが腰をかけ、脚を組むのをじっと見ていた。

いい徴候だわ。

「ご用件を伺いましょう、ミズ・ペインター」彼が言った。

「ミセス・ペインターです」サニーが言った。「ミセス・エルウッド・ペインター」

ライルがうなずいた。

「わかりました。ミセス・ペインター、どんなご用件でしょうか?」

「私……私の息子のことなんです」

彼が親切そうにうなずいた。

「息子さんがどうしました?」

「家を出て行ってしまったのです」

「ほう?」

「カルトに入ってしまって」サニーが言った。「連れ戻したいのです」

「お子さんがね、ふむ。おいくつですか？」ライルが言った。

「十八です」

「なるほど」

「息子は、狂信的な信者たちと暮らすには、まだ若すぎます」

「おっしゃる通りです」

「助けていただけますか？　裁判所の命令か何かを手に入れることができませんか？」

「息子さんの年齢だと、なかなか難しいかもしれません。なぜ私のところに来られたのですか？」

「友だち」サニーが言った。「の、友だちです」

「お名前は？」

サニーが首を振った。

「友だちが、あなたは思春期の反抗に経験があると話してくれました。でも、名前を誰にも明かさないと約束させられました」サニーは、微笑み、身を乗り出して、少し声を低くした。「きっと、子どもに問題があることを誰にも知られたくないのだと思いますわ」

「人はそんなものです」ライルが言った。「みんな問題を抱えています。恥ずかしがる必要はありません」

「わかりますわ」サニーが言った。「でも、約束しましたから」

「ところで、このような問題の手配には、カネがかかります」

「お金は問題ありません。エルウッドはお金をたくさん持っています」

「充分おありなら、何か手配することは可能です」

「息子をあの人たちから引き離すことができますか？」

「手配はできるかもしれません」ライルが言った。

「もし引き離せたら、息子があそこに戻らないようにするにはどうしたらいいでしょう」サニーが言った。「部屋に閉じ込めておくなんてことはできません」

「ウエストランドに居住型の療養施設があります」ライルが言った。「息子さんに適した治療があると思いますよ」

「それにすべて適法なんですの？」

「完全に適法です。正しい書類、正しい審理。ラックリー・ヤング・アダルト・センターに彼を収容させることができます」

「ウエストランドにあるんですか？」

「そうです。しっかりした施設です」

「まあ。どうしましょう」サニーが言った。「知りませんでした。エルウッドと話さなければ」

「もちろんです」ライルが言った。「どこにご連絡したらよろしいですか？」

サニーが立ち上がって微笑した。

「私のほうからお電話します」

彼女が手を差し出した。彼は右手で彼女の手を取り、左手で覆って、温かい握手をした。

「お役に立てますよ」

「そう思いますわ。ただエルウッドと相談しなければなりません」

ライルはもうしばらく彼女の手を握っていた。それから、残念そうに手を離した。サニーはオフィスを出るとエレベーターに乗り、駐車場に降りて行った。

34

ジェッシイは、署員を詰所に集めた。スーツとモリイとピーター・パーキンズだ。

「町に二件の殺人事件が起きた」ジェッシイが言った。「検討しよう」

「モイニハンとレジー・ガレンは、刑務所で知り合ってます」パーキンズが言った。

ジェッシイがうなずいた。

「二人は、ガリソン刑務所で自分たちの棟を牛耳ってました」パーキンズが続けた。「二人ともタフガイで、組んでお互いの背後を守るようになったんです」

「二人の関係は？」

「二人とも白人」パーキンズが言った。

「で、トラブルは人種的なものだったんだな」ジェッシイが言った。

「そうです」

「よくあることだ」

「ガリソンの職員によると、二人ともかなり恐ろしい男だったそうです。ギャング仲間では知られていて、外部にコネもあった。噂が広まって、やがて、二人は仕切役になった」

「リーダーの素質があったのね」モリイが言った。

ジェッシイが微笑した。

「外部のコネが誰だったか、わかっているのか?」ジェッシイがきいた。

「いいえ」

「二人は同時に出所したのか?」

「一カ月ぐらい離れています」パーキンズが言った。

ジェッシイがうなずいた。

「他には?」

「ガリソンでわかったことは、それだけです」

ジェッシイは、詰所の端まで行って、公共事業所の駐車場を眺めた。

「よし」窓の外を見ながら言った。「当初ノッコが関係していた外部のコネの一人は、サウス・ショアの大きな建設業者だ。名前はニール・バングストン。その双子の娘が、ノッコとレジーと結婚した」

「ほんとですか」パーキンズが言った。「どういうことです?」

ジェッシイが振り返った。

「さあな」ジェッシイが言った。「スーツ?」

「二人の娘、ロベルタとレベッカは、一卵性双生児で」スーツが言った。「双子であることを強調してます。そっくりな服を着て、ヘアスタイルも髪の色も化粧も同じにする」彼はモリイを見た。「どこへ行くにも一緒。車も同じタイプのを運転する。どっちがどっちだか区別できない」

「普通」パーキンズが言った。「双子ってそうじゃないだろう。わざと違う服を着たりするんだよな」

「ところが、この双子は変わっている」スーツが言った。「高校生のときには、お互いに相手のボーイフレンドとセックスをしたりしたんだ」

「高校ではバンバン・ツインズとして知られていた」とジェッシイ。

「知られ、しかも愛されていた」パーキンズが言った。

「そんなに物欲しそう顔をしないの」とモリイ。

パーキンズがニヤッとした。

「だから、俺たちは、二人が今も同じようなことをしているか、チェックすべきだと考えた」スーツが言った。

「なぜなら？」モリイがきいた。

「なぜなら、俺たちは知らないからだ」

「どこかできいたような台詞ね」

スーツは無視して、続けた。

「二人ともポーラス・カレッジに行った。もちろん、部屋も一緒だ。そこで、俺は大学まで出かけて行き、話をし、同じクラスの卒業生を捕まえた……そうしたら、二人は大学でもバンバンやっていた」

スーツはコーヒーメーカーのところに行き、コーヒーを注いだ。モリイのほうにカップを差し出したが、彼女は首を振った。それで、カップを持って、会議用のテーブルに戻った。

「俺にはないのか」パーキンズが言った。

「自分でいれろよ」スーツが言った。「その後しばらくは、二人のことはわからない。でも、やがて現われる。四カ月あけて、二人はノッコとレジーと結婚したんだ」

「しかも、ノッコとレジーは双子の父親と関係があるのね」モリイが言った。

「そうなんだ」スーツが言った。「それについては、署長が話してくれる」

「この情報の多くは、ノーフォーク郡地方検事局の主任捜査官から得たものだ」ジェッシイが言った。

「それとリタ・フィオーレにも少し助けてもらった」

「彼女は少ししか助けてくれないのね」とモリイ。

ジェッシイはトラクサルからきいたことをざっと説明した。

「まあ」モリイが言った。「だから双子のセックスライフにそんなに興味を持つんですね」

「まだバンバンやっているなら、殺人と関係があるかもしれない」

「そうですね」モリイはそう言って、スーツを見た。

「それについては何か知っているの?」

スーツはニヤリとしてうなずいた。

「実は、知ってるんだ」

35

「署長ならやるだろうと思うやり方で始めたんだ」スーツが言った。「彼らの社交サークルをチェックし、友人と話をし、誰かが何か知っていないか調べる」

スーツが首を振った。

「どこの社交サークルにも入ってなかったの？」モリイがきいた。

「俺が調べた範囲では入ってなかった」スーツが言った。「それから、双子を知っている人はみんな、双子をいい人だと言った。だけど、誰も双子のことをよく知らないんだ」

「それで、どうしたの？」モリイがきいた。

モリイもなかなかやるじゃないか、とジェッシイは思った。得意になっているスーツが、話しやすいように助けている。

「やり方を変えた。免許証の写真を手に入れて、あの近辺のモーテルに見せて回ったんだ」

「どっちのだ？」パーキンズがきいた。

スーツはちょっと嫌な顔をした。彼が主役の時間だ。邪魔されたくない。

「どっちが何だって言うんだよ？」スーツが言った。「どんな違いがあるって言うんだ。二人はまったく同じに見えるんだぞ」

「どっちかなって思っただけだ」

「しばらくかかった。でも、二人は、家でゲームはしないだろうと思ったんだ」

「してたかもしれない」パーキンズが言った。

スーツが息を吸った。

「もちろんさ。しかし、そうだったら、俺は調べる場所も、することもなくなってしまう」

パーキンズがうなずいた。ジェッシイは、スーツと一緒に取り組んだ最初の事件で、彼に話したことを思い出した。もし二つの可能性があったら、何か調べられそうなほうを選べ。あいつは学んでるな、とジェッシイは思った。

「それで、俺はダンヴァーズのビーチハウスのフロント係を見つけた……そこはビーチにあるわけでもないし、家でもないけどな……このフロント係は、彼女が二、三回チェックインしたのを覚えていた」

「どっちだ？」パーキンズが言った。

「さっきの答えを参考にしてくれ」スーツが言った。「彼は、彼女がとっても美人で、ステキで、真っ昼間に小さなスーツケース一つでチェックインしたことを覚えていたんだ」

「自分の名前を使ったのか？」ジェッシイがきいた。

「バングストン」スーツが言った。「レベッカ・バングストン」

「なら、レベッカだったんだ。ロベルタじゃなくて」とパーキンズ。

「わかるもんか。宿泊名簿を調べたら、何回もバングストンが出て来たんだ。あるときはレベッカ。あるときはロベルタ」

「クレジットカード番号は手に入れたか?」ジェッシイがきいた。

「はい」スーツが言った。「それでクレジット会社に問い合わせたところ、どっちかが利用したモーテルやホテルのかなり立派なリストができました」

「クレジット会社が持っている二人の住所はどこになっている?」

「マサチューセッツ州ヘンプステッド」

「母親のところか?」

「そうです」

「バンバン・ツインズは元気にやっているようだな」

「これから、どうします?」モリイが言った。

「リストを見よう」ジェッシイが言った。

36

二人はスパイクのリンカーン・ナビゲーターでやって来た。サニーの車ではスパイクに小さすぎるからだ。ナビゲーターは、彼らの後ろ、フレーミングハムの西の脇道に止めてある。二人は林の中に立って、ラックリー・ヤング・アダルト・センターを見ていた。正面から見ると、金持ち向けの寄宿制大学進学予備校のように見える。広くて快適な歩行者用通路が心地よい芝生を横切って正面のドアまで続いている。ところが、金網のフェンスが裏の芝生を取り囲み、建物の角まで延びていて、裏から見ると、どこか刑務所のように見える。

「さあ、行くわよ」サニーはそう言って、携帯電話に番号を打ち込んだ。

「州検査局のジェシカ・ストーンです。理事長はいらっしゃいますか。ええ、ドクター・パットンです」

スパイクがうなずいた。

「宿題をしといたな」彼がつぶやいた。

サニーは電話機の上に手を置いて、うなずいた。

「ドクター・パットンですか?」相手が電話に出ると、言った。「ジェシカ・ストーンです。州検査局の。我々には、あなたが逃亡者をかくまっていると信じるに足る理由があります」

「逃亡者？」

「シェリル・デマルコです」

「ここには、そういう名前の人はいません」

「別名を使っているかもしれません。どちらにせよ、議論するためにお電話をしたわけではありません。法律勾引状《ベンチ・ワラント》を持って午前九時、そちらの事務所に行きます。彼女を出さなければ、施設を捜索します」

「そんなばかな」パットンが言った。

「明日、彼女を出さなければ、私の真剣さのほどがわかるでしょう」

サニーが電話を切った。

「州検査局だって？」スパイクが言った。「どういうところか知ってるのか？」

「知らない。でも、彼だって知らないわよ」

「では、失礼だが、ベンチ・ワラントと普通の令状《ワラント》は、正確に言って、どこが違うのかな？」

「さあ」サニーが言った。「テレビドラマの《ロー＆オーダー》で一度だけきいたことがあるけど」

「それで、連中が泡を食って、朝あんたが乗り込む前に彼女を追っ払うだろうとふんだんだな」

「そうよ」

「そして俺たちはここに来て、彼女を奪い返す」

「そういうこと。昨日この建物を全部チェックしたわ。彼らが、あの子を連れ出したいと思ったら、玄関から出て来て、長い小道を通りまで歩かなければならないわ」

「パットンがその手に引っかからなかったら？」スパイクが言った。

「失うものなんてある？」サニーが言った。「蜂の巣に棒を突っ込んだのよ。何かしら起きるわ」

「その子がいるならね」スパイクが言った。

「もちろんよ」

「ここは合法的なところか？」

「たぶん、部分的には。でも、手を抜いているところがあるんじゃないかしら」

「あの名医は？」

「ドクター・アブラハム・パットン。教育統計学で教育学博士号を取っている」

「それは、療養施設の運営とどういう関係があるんだ？」

「あまりないんじゃない」サニーが言った。「でも、自分をドクターと呼ぶ資格は与えてくれるわよ」

「当然のことだが、資格がすべてとは言えない」スパイクが言った。「俺の精神科医には、立派な学位は全部持っていたが、俺には全然役に立たないやつらがいたよ」

「精神科医にかかっていたの？」

「自分がゲイかもしれないと悩んでいたときに」

「あなたはゲイよ」

「正真正銘の。でも、どうして自分がタフガイになったのか、よく理解できなかった」

「確かに、タフガイよね」

「そういう体つきなんだな」スパイクが言った。「しかし、ゲイでもタフでありうる、という答えを導きださなければならなかった」

「そのとき誰かが助けてくれたのね」サニーが言った。

「精神科医の一人がすばらしかった」

「あなただって、そんなに悪くないわよ」

「そうだとも」スパイクが言った。「俺は頑張った。でも、他の精神科医と一緒に取り組んだときは、結局何の効果もなかった……みんな俺を治療しようとしたからなんだ」

「あなたがゲイでなかったら」サニーが言った。「私たちの関係はどんなに違っていたかしら」

「君は損をしたな」

「わからないわ。あなたはひどく大きいけど」

「とにかく」スパイクが言った。「たとえパットンが非常に優秀で、施設が合法的であっても、あまり注目を浴びたくはないだろうな」

「資格が疑問視されることになるから？」

「そうだ。そして、もし公に議論されることになれば、ビジネスにはよくないだろう」

「すごい」サニーが言った。「公の議論ですって。すばらしい話術だわ」

「生まれつき詩人なんでね」

「私の少女っぽい計算が正しければ、この林から道路へ出るほうが、玄関から道路に出るよりもずっと短いの」

「だから、俺たちはここにいて、やつらが現われたら、彼女が車に乗せられる前に飛び出していくわけだな」

「そして、あなたの話術でやつらを煙に巻く」サニーが言った。

「とか何とか」とスパイク。

「銃を持っているでしょう」

「ああ」

「必要になると思う？」

「普通なら必要ないが」スパイクが言った。

37

林の中は静かだった。風があったから、虫に悩まされることはなかった。

「その精神科医は、あなたに効き目のあることを言ったのよね。何と言ったの？」サニーが言った。

「自分の一部を抑制しながら、他のすべての部分をうまく働かせようと思っても無理だって」

「ゲイの精神科医だったの？」

「いや」

「どうしてわかるの？」

「彼にきいたから」スパイクが言った。

サニーが微笑んだ。

「あなたらしいわ」

「シルヴァマンとはうまく行ってるのかい？」

「ドクター・シルヴァマンよ」サニーが言った。「ただのシルヴァマンだなんて考えられない」

「彼女とは、どうなんだ？」

「どこかにたどり着きそうな気がするわ」

「まだどこかわからないのか？」

「ええ」

「そのうちわかるさ」

「そう願ってるわ」

「彼女はゲイか？」スパイクが言った。

「それは、私たちの治療に関連性がないわ」サニーが言った。

「ほう。精神科医みたいな話し振りだな。彼女はゲイかもしれないと思ってるのか？」

「もしそうだったら、あれほど女らしいレスビアンを見たことないわね」

夜の八時ちょっと過ぎ、グレイの小型車、ホンダSUVがセンター正面の路上に止まった。

「彼女が来るわよ」サニーが言った。

「君の言う通りだったな」とスパイク。

まもなく、シェリル・デマルコが、白衣を着た二人の病棟勤務員に腕を取られて正面のドアから出て来た。彼女は無抵抗に見えた。後ろから、ビジネススーツを着て、首に聴診器をぶら下げた、大柄な男がついてきた。彼らがホンダに近づいたとき、サニーが林から出て、彼らと車の間に立った。スパイクが彼女の脇に立った。

「何ごとだ？」大柄な男が言った。

「シェリルを連れて行きます」サニーが言った。

シェリルはほとんど興味を示さなかった。

「君にそんなことはできない」大柄な男が言った。

「スパイク」サニーが言った。

スパイクはすり足で闘う構えをとると、勤務員の一人の鼻を左のストレートで殴った。勤務員はシェリルの腕を放し、両手を顔に当てた。鼻血を流している。スパイクは、リズムに乗って、もう一人の勤務員を右のクロスで殴った。勤務員が倒れた。サニーはシェリルの腕を取ってスパイクの車のほうに連れて行った。

鼻血の勤務員は、腰のポケットからブラックジャックを取り出し、スパイクに殴りかかった。スパイクは、振り回された円の内側に入り、両方の前腕でブロックした。それからバックスイングでその勤務員の側頭を殴った。勤務員は倒れ、ブラックジャックを落とした。スパイクがそれを蹴飛ばし、大柄な男を見た。男は後ずさりした。勤務員は二人とも地面にのびている。

「そうら」スパイクが言った。「俺たち、やったぜ」

スパイクが、まだ大柄な男を睨み続けていた。後ろの路上からホンダが走り去った。スパイクは無視したが、道路の先でサニーとシェリルが彼の車に乗り込むところを見た。それから、また大柄な男を見た。

「ドクター・パットン、と思うが」スパイクが言った。

「そうだ。私がここを管理している」

「いや、お前にそんな資格はない」

スパイクは手を伸ばして、パットンの首から聴診器をもぎ取った。

「乱暴はしないでくれ」

「詐欺師め」

スパイクは聴診器を道路に放り出すと、自分のＳＵＶに向かって悠然と歩いて行った。彼を止めようとする者はいなかった。

彼が着くと、サニーは後部座席にシェリルと一緒に乗っていた。シェリルは何も喋らず、目はうつろだった。

「鎮静剤を打たれてるわ」サニーが言った。

スパイクはバックミラーを見た。誰もついて来なかった。

「どこへ行きたいんだ？」

「私の家」

スパイクは脇道を九号線に向かって車を走らせた。

「なぜパラダイスじゃないんだ。あそこなら、もしもトラブルが持ち上がったときに、警察官の協力が得られるのに」

「私はフィル・ランドルの娘よ」

「ああ、そうか。ボストンにも協力者はいるんだな」

「探偵さん」シェリルが言った。

「はい」サニーが返事をした。「サニー・ランドルよ。リニューアル・ハウスで話をしたわね」

「お母さん」

「お母さんに会いたいの？」

シェリルが首を振った。

「わかった。これから私の家に行きましょう。あなたは薬が切れるまで私のところにいればいいわ。それから、どうするか決めましょう」

シェリルがスパイクを見た。

「彼は？」

「スパイクよ」

「俺も君と一緒にいるよ」スパイクが言った。

38

ジェッシイは、スーツとモリイと一緒に署長室にいた。

「受付は誰だ?」ジェッシイがきいた。

「エディ・コックスです」モリイが答えた。

ジェッシイがうなずいた。

「ここに一人の既婚女性がいて、遊び回っている。ある日、彼女の夫が殺されているのが発見された。普通なら、妻だと考える」

「しかし……」とモリイ。

「しかし、その女は、双子の姉と入れ替わって遊んだ前歴がある」ジェッシイが続けた。

「だから、夫を交換するだろうと考えられる」スーツが言った。

「しかし、夫を交換するなら、なぜモーテルなんだ。なぜ隣まで歩いて行かない?」

「夫では満足できなかったのかもしれない」

「誰もノッコ・モイニハンと夫を交換しようと思わないわよ」

男たちがモリイを凝視した。

「彼は豚だもの」

「ロベルタが結婚したときも豚だったのか」ジェッシイが言った。

「たぶん、違うでしょうね」モリイが言った。

「でも、レジーとなら交換するのかい？」スーツがきいた。

「私は誰とも交換しないわよ。でも、レジーはノッコみたいな豚じゃないわ」

「実に奇妙な女たちだな」ジェッシイが言った。

「確かに」モリイが言った。「でも、ノッコを入れた三人プレーならどう？　私には、なぜロベルタがノッコと結婚したのかわからない。でも、レベッカはノッコと結婚しなかったでしょう。賭けてもいいわ。彼女なら銃を突きつけられても彼とセックスしないわよ」

「女の直感」とスーツ。

「そう。だから、立派な警官になれるのよ」

ジェッシイが立って、部屋の中を歩き回っている。キャビネットの上から野球のグローブを取って、球受けの部分で拳をこすった。

「ローリングス」彼が言った。

「えっ？」とモリイ。

「ローリングスのグローブなんだ」

「プレーをしてたときに、それを使ったんですね」

「ああ」

ジェッシイがグローブを手にして立っている間、みんな黙っていた。それから、彼はグローブを脱ぐとキャビネットの上に戻し、机の前に戻ってきて座った。

「もう一人、被害者がいる」彼が言った。

「オグノフスキー」とスーツ。

ジェッシイがうなずいた。

「バンバン・ツインズは……オグノフスキーとやっていたと思いますか？」

「ミズ・直感に確かめてみよう」ジェッシイが言った。

モリイは、しばらく黙っていた。

それから、言った。「たぶん」

「二人が自分たちの技をレジーに使っていたら、もっと筋が通るわね」

「なぜ？」

「ただそうなのよ。どういうわけか、もっと近親相姦的に思えるわ」

「近親相姦だって？」スーツが言った。

「双子が同じ恋人を共有しているんでしょう？」モリイが言った。「何か近親相姦的なことが行なわれているに違いないわ」

「驚いたな」スーツが言った。「ジェッシイ？」

「そういうことはよく知らない」ジェッシイが言った。「しかし、やってる人がいることは知っている」

39

「私が会ったこともない人たちの抑制された近親相姦、しかも、かつては解放されていたものについて、説明してほしいと言うのかね」ディックスが言った。

「そうだ」ジェッシイが言った。

「そのあいだ、君自身のメンタルヘルスの治療もやってもらいたいんだね？」

「もちろん」

ディックスは椅子に深く腰掛けなおすと、両足を上げた。

「わかった。君の知っていることを話したまえ」

ジェッシイが話をしている間、ディックスはじっとジェッシイから目を離さなかった。ジェッシイが話し終わっても、ディックスは身動きもせず、たっぷり一分間と思えるほど黙っていた。

それから言った。「まず、これが精神療法でないことは理解してるね」

ジェッシイがうなずいた。

「私は、せいぜい学識のあるコンサルタントだから」

「それでも俺よりましだ」ジェッシイが言った。

「君は長年警察官をしているからわかると思うが、会ったこともない容疑者について推測することと、実際に会って学ぶこととの間には違いがあるはずだ」

「推測でいいから、話してくれ」

「まずわかっていることは、彼女らが一卵性双生児だということ」

「そうだ」

「二人は同じ環境で一緒に育てられた」

「イエス」

「父親は、女たらし。少なくとも犯罪者の中では成功していた」

「イエス」

「母親は厳格で信仰心がある」

「イエス」

「双子と母親の関係は親密ではない」

「そのようだ」

「だが、双子同士の関係は親密。同じような服装をし、同じように行動する。考え方も同じらしい」

「親がそうするように仕向けた気がする」ジェッシイが言った。「母親は、それが神の意志だと考え、父親は可愛いと思ったんだろう」

「ケースによっては、二人の人間が同じ第三者とセックスをしている場合、実は互いに接触しようとしている、と推測できる場合がある」ディックスが言った。

「仲介者を通して」

「そう」

「今回も同じことが起こっていると?」

「必ずしもそうとは言えない」ディックスが言った。「代理人を通して、父親と接触しようとしているのかもしれない」

「それで、一番父親に似ている代理人と結婚した?」

「たぶん」

「なぜ一緒に?」

「二人は互いにほぼ同じだからだ」ディックスが言った。「互いの人生を経験しているのかもしれない。一緒にいることで罪の意識が軽減されるのかもしれないし、絆を固めているのかもしれない」

「オグノフスキーは?」

「おそらくモリィの言ったことが当たっているだろう」ディックスが言った。「おそらくノッコは、片方の双子に……さらに言えば……二人に、あまりにも不快感を与えていた。どちらにせよ、何も変わらんがね。病状は、しっかり固まってしまったようだから、いつもの方法がうまく行かなければ、別の方法を探し出すだろう」

「しかし、このどれも真実であるかどうかは、わからない」

「そう。我々が持っているデータを説明する、学識から導きだした仮説だよ」

「あてずっぽうだな」とジェッシイ。

「まさにその通り」

「それに、たとえ正確であっても、俺の役に立つだろうか」

「私の専門ではないからねえ」ディックスが言った。

「知らないよりは知っていたほうがいいはずだ」

「もちろん我々は実際には何もわかっていないんだがね」

「我々が持っているデータを説明する、学識から導きだした仮説だから」ジェッシイが言った。

「その通りだ」

「しかし、二つの殺人事件の説明にはならない」とジェッシイ。

「確かに、ならない。しかし、推量の範囲を限定する助けにはなるかもしれない」

「おや。ときどき、精神科医のような話し方をするね」

「おそらく、それには理由があるな」ディックスが言った。

「これからどうしたらいいだろう？」

「さあ、わからないな」

「あなたなら、わかっているはずだ」

ディックスがにっこり笑った。

「バラ色の生活を約束した覚えはない」彼が言った。

「だいたい、そんなことしてくれる人はいない」ジェッシイが言った。

二人はしばらく沈黙した。

ディックスが言った。「まだ、少し時間があるが」

ジェッシイがうなずいた。

「俺はどうして二人にあんなに惹きつけられたんだろうか？」

「双子のことか？」

「ええ。あまりにもうらやましくて、酔いつぶれてしまった」

「なぜそんなにうらやましかったのかね？」

ジェッシイが答えた。「うらやましがらずにいられるか？」

ディックスが肩を動かした。肩をすくめたのかもしれない。

「誰だって愛されたいものだ」ジェッシイが言った。

「愛はいろいろな形で現われる」ディックスが言った。

「ほう」ジェッシイが言った。「いかにも精神科医的な言い回しだ」

「怒りを感じるかね？」ディックスが言った。「私に？」

ジェッシイが肩をすくめた。

「なぜ怒っているのだ思う？」ディックスが言った。

ジェッシイは深く息を吸い込むと、怒りを込めてゆっくりと吐き出した。

「それは、直面したくないことに直面するように、俺を促しているからだ」

ディックスは何も言わなかった。

「二人ともとっても従順で」ジェッシイが言った。「とっても……」彼は手で円を描きながら、適切な言葉を探した。

「自己犠牲的？」ディックスが言った。

「ほう！」ジェッシイが言った。「自己犠牲的ね」

「どういう意味だか知っているね」

ジェッシイがうなずいた。

「あなたの言う通りだ。二人が自己犠牲的だったのを好ましく思ったんだ」

「つまり、彼女らが自分を二の次にするなら……？」

「完全に夫に従属することになる」ジェッシイが言った。

ディックスは待った。少し身体を反らした。肘を椅子の肘掛けに載せ、手を前で組んでいる。親指の腹を軽くこすった。

「どんな女が、そんなことを望むだろうか?」ジェッシイが言った。

ディックスは黙っている。

「どんな男が、そんな女を望むだろうか?」

ディックスは黙っている。

「俺はそんな女はいやだ」ジェッシイが言った。

ディックスが頭をかすかに動かした。うなずいたのかもしれなかった。

「俺から離れることができないような女」

ディックスがうなずいた。

「何てことだ」ジェッシイが言った。「俺はジェンに、できないこと、するべきじゃないことをするように要求していたんだ」

「おそらく」ディックスが言った。

「それなのに、彼女が裏切ったとき、非難したんだ」

「ジェンにはつらい立場だった」とディックス。

「どうして俺はそんなふうなんだろう?」ジェッシイが言った。

「さあ」ディックスが言った。「答えを見いだせるかもしれないし、決してわからないことかもしれない。しかし、同じ間違いを二度とすることはないだろう」

ジェッシイはうなずいた。ディックスのオフィスを出るとき、目眩を感じた。頭を使いすぎた感じもした。

40

「そのイーゼルは何なの？」シェリルがきいた。

彼らは、サニーのキッチンのカウンターに座っていた。サニーがイングリッシュ・マフィンをトーストし、二人はマフィンを食べコーヒーを飲んでいた。

「絵を描いているのよ」サニーが言った。

「画家なの？」

「まあね」

シェリルは、絵のところまで行って見た。

「犬だわ」

「そうよ」

「あんたの犬なの？」

「以前はね」サニーが言った。「ロージーという名前だったわ」

「死んだの？」

「ええ」

シェリルがカウンターに戻って来た。

「かわいそう」彼女が言った。「私は犬を飼ったことないわ」

サニーがうなずいた。

「どうしてラックリー・センターにいたのか教えて」

「リニューアル・ハウスに帰ろうと思って歩いていたとき、車が私の前で止まったの。女の人が後ろの座席から降りて来て、道を教えてもらえるかと言ったから、私はいいですよ、と答えた。すると、その人が大声で車に向かって、〝地図を見せてあげて〟みたいなことを言ったの。私が地図を見ようと覗き込むと、その人が私を押し込んだ。男の人が私を引っ張り、女の人が私の後から乗り込んでドアを閉め、車が走りだしたの」

「彼らは何か言った？」

「女の人が黙っていろと言ったの。そうしないと乱暴するって。怖かったから、言われた通りにしたわ。それから、私を学校か何かに連れて行くと、白衣の人が来て、私を中に連れて行って、腕に何か注射して、部屋に閉じ込めたの」

「誰かあなたと話をした？」

「ドクター・パットン」

「彼は何と言ったの？」

「センターは、私たちを助けるのが目的で、私が連れて来られたのは、両親が心配したからですって」

「ご両親は会いに来たの？」

「来なかったと思うわ」シェリルが言った。「私はほとんどいつも、ぼんやりしてた」

「今日、あなたのために医者のアポイントをとっておいたわ」

「どうして医者が必要なの？」

「何もおかしいところはないと思うけど、そうしたほうがいいと思って」

「わかった」シェリルが言った。「一緒に行ってくれるの？」

「もちろん」

「あの男の人は？」

「スパイクのこと？」

「太った大男」とシェリル。

「スパイクは熊のような体の持ち主なの」サニーが言った。「見た目ほど太ってないわ」

「ボーイフレンドなの？」

「違うわ」

「あなたの下で働いているの？」

「いいえ。スパイクは親友」

「でも、ボーイフレンドじゃないんだ」

「そうよ」サニーが言った。「スパイクはゲイなの」

「へえ。ゲイのように見えない」

「自分をゲイだと感じているんだと思うわ」

「ゲイはみんな、女々しいかと思ってた」

「スパイクは女々しくないわ」

「白衣の男を二人、叩きのめさなかった？」

「叩きのめしたわ」

「女々しくないわね」

「さあ、シャワーを浴びて、服を着替えて」サニーが言った。「マサチューセッツ総合病院に連れて行ってあげるわ。私のかかりつけの婦人科医にみてもらいましょう」

「婦人科ってあまり好きじゃないんだけど」シェリルが言った。

「婦人科にもう行ったことがあるの？」

「ええ。私が妊娠してないか、お母さんがいつも心配しているの。あの婦人科医は嫌いだわ」

「ベス・トムソンなら気に入るわ。彼女は面白い人よ」

「お母さんが連れてってくれた婦人科医は、男なの」

「その後で、ご両親に会いに行きましょう」

「いやよ」

「だめ、行かなきゃならないわ」サニーが言った。「私も一緒に行くから。会ったら帰ってきましょう。でも、対決する必要があるのよ」

「どうして？」

「私たちは――あなたも、私も――ご両親がなぜあなたを誘拐させたか、理解する必要があるわ」

「〈リニューアル〉の人たちと一緒にいてほしくなかったからでしょう」

サニーがうなずいた。

「たぶん、もう少し詳しく理由を知る必要があるの。それから、どうしたらあなたとご両親が関係を保っていられるか答えを出す必要もあるわ」

「私は関係なんかいらない」シェリルが言った。「あの人たちだってそうよ」

「じゃあ、十八歳でもう独り立ちできるの？」

「トッドが面倒をみてくれるわ」

「トッドは誰が面倒をみるの？　生活費はどうやって稼ぐの？」

「なんとかやるわ」シェリルが言った。「愛し合っているんだもの」

「独立するまでご両親に援助してもらったほうが、もっとうまくやれるかもしれないでしょ」

「そんなことしてくれないわ」

「強要できるかもしれない」

「強要する？」

「こっちは悪事の証拠を握っているようなものでしょう」

シェリルがサニーを凝視した。

「スパイクは来られるの？」しばらく見つめたあと、シェリルがきいた。

サニーがニッコリした。

「もちろんよ」

「お父さんがスパイクに怒鳴るところを見たいわ」シェリルが言った。

「怒鳴るでしょうね」サニーが言った。「でも、スパイクは落ち着いていると思うわよ」

「絶対お父さんはスパイクを怖がるわ」

「賢ければね」

「スパイクが来てくれるなら、私も行く」シェリルが言った。

「来るわよ」サニーが言った。

41

署長室の窓の外で夜が迫るころ、ヒーリイが入ってきた。ファイル・キャビネットまで行き、上からグラスを取り、ジェッシイの机の周りを回って戻ってくると、椅子に座ってグラスを突き出した。ジェッシイは微笑し、机の引き出しからボトルを出して、ヒーリイに一インチかそこらスコッチを注いでやった。

「あんたも飲むか?」ヒーリイがきいた。

ジェッシイは、ちょっとのあいだ黙った。

〝あなたがアル中だとは思わないわ〟。サニーはそう言っていた。当たっているか見てみよう。

彼は、グラスを取ると自分にも酒を注いだ。ヒーリイに向かって「君に乾杯」のジェスチャーをしてから、少し飲んだ。ヒーリイも飲んだ。

「例の殺人事件に進展はあったのか」ヒーリイが言った。

ジェッシイは椅子の背に寄りかかり、足を机の上に載せた。

「バンバン・ツインズの話をさせてくれ」

ヒーリイがスコッチをすすった。

「いいよ」

ジェッシイが話をした。

「少し、誤解していたようだ」ヒーリイが言った。

ジェッシイは肩をすくめ、スコッチを飲んだ。

「あの四人は、ままごと遊びをしていたと思っているのか？」ヒーリイがきいた。

「モイニハン夫婦とガレン夫婦がか？」

「そうだ」

「モリイに言わせると、女は誰もノッコとままごとはしないそうだ」ジェッシイが言った。

「彼女の言ってることが正しければいいがね」ヒーリイが言った。

「ああ、あまり魅力的な話じゃないものな」

「二人ともオグノフスキーとファックしていたと思うか？」

「たぶん」

「もしそうなら、今はしてないわけだ」

ジェッシイがうなずいた。

「俺が何を考えているかわかるか？」ジェッシイが言った。

「わかっても、自分のことを心配するさ」とヒーリイ。

「俺の考えでは、あのバンバンは、長期にわたる病だ……」

「精神科医と話をしていたな」

「ああ」ジェッシイが言った。「しかし、それは別として、この女たちは、自分たちに必要なことをしているようなんだ。それで、ノッコとオグノフスキーがいなければ、どうするだろう？」

「レジーか?」

「たぶん」

「しかし、レジーがゲームに加わっているなら、二人は彼と以前したことになる」

ジェッシイがうなずいた。

「二人の男が殺された」ジェッシイが言った。「もしこれがバンバン・ゲームなら、どうしたって、二人はレジーだけではすまないだろう、ということになる」

「そうだ」

ヒーリイのグラスが空になっていた。彼はグラスを突き出し、ジェッシイが注いだ。

「二人が今何をしているかわかれば助かる」ジェッシイが言った。

「張り込みか?」

「二十四時間? パラダイス・ネックで? うちの署は十二人体制だ」

「十二人なら充分だ」

「町の生活は続くんだ」ジェッシイが言った。「駐車違反は、取り締まらなければならない。酔っぱらいは、しょっぴいて一晩留置所に放り込まなければならない。家庭内騒動には、対処しなければならない。狂犬病にかかったアライグマは、撃たなければならない」

「わかった、わかった」ヒーリイが言った。

「何人か貸してもらえるか?」

「だめだ」

「だろうと思っていた」

「できないんだ」

「ああ、できないのは、わかってる。あんたにはあんたのアライグマがいて、撃たなきゃならないからな」

「監視カメラではあんたの問題は解決できないだろう」ヒーリイが言った。

「できない」

「もっと人員が必要なんだ」

「そうだ」

「しかし、たとえ人員が増えて、慎重に配置できたとしても、何が手に入る？」

「おそらく、少しは圧力をかけられるだろう。今は、ただの悲しみにくれている家族だが」

「オグノフスキーの殺人事件との関連を突き止められるのかもしれないな。そうすれば、圧力をかけられる」

「悲しみにくれている家族と言えば」

「オグノフスキーの家族のことか？」

「彼の父親が姿を現わした。マルデン（カール・マルデン。テレビの探偵ものシリーズに出ていた大柄な俳優）ぐらいの大男だ。誰が息子を殺したのか、突き止めるつもりでいる」

「たぶん、やらせればいいだろう」ヒーリイが言った。

「やらせる？　彼を探し出すこともできないのに」ジェッシイが言った。

「俺がファイルを調べてみよう」

ヒーリイは二杯目のスコッチを飲み終わると立ち上がった。

「経過を報告してくれ」彼が言った。

「わかった」

ヒーリイが帰ると、ジェッシイは流しでグラスを洗った。自分の空っぽのグラスを見た。一杯しか飲んでいなかった。もう一杯飲んでもいい。少し注いでボトルはしまった。それから、座るとスコッチをすすり、どうやって二つの殺人事件の行き詰まりを打開するか考えた。二杯目を飲み終わっても、しばらく座ったまま、空になったグラスをながめ、殺人事件のことや、三杯目のスコッチのことや、サニー・ランドルのことを考えた。

「あの女が好きだ」ジェッシイは空のグラスに向かって声を出して言った。

もうしばらく座っていた。それから立ち上がり、オフィスを出て家に帰った。

42

スパイクが運転していた。サニーは隣に、シェリルは後部座席に座っていた。サニーは携帯電話をかけていた。

「ミセス・マーカムですか？　サニー・ランドルです……シェリルと一緒に、今お宅に伺うところです。ご主人もいてくださったほうがいいと思います……それは私の問題ではありません。ご主人も同席すべきです」

彼女は電話を切ると、シェリルが見えるように横向きになった。

「ゴルフですって」サニーが言った。

「土曜の朝は仕事関係の人といつもゴルフをするの」

「さぞ胸が躍るんだろうな」とスパイクが言った。

「私は退屈で面白くないと思うわ」シェリルが言った。

「やったことあるの？」サニーが言った。

「ない」

「じゃあ、そんなにはっきり言えないわね」

「あそこに行って、私がつかまったら？」

「取り戻すわよ」

「あなたとスパイクが？」

「そう」

「あの人たちが警察を呼んだら？」

「呼ばないわ」

「どうしてそんなにはっきり言えるの？」

「ご両親が、自分の娘の誘拐を手配した件が公になることを望むと思うの？」

シェリルは考えた。

「そうなると、お父さんは仕事で困るわ」シェリルが言った。

「どちらにとってもあまりよくないわよ」サニーが言った。「カントリー・クラブでもね」

「本当に話すつもり？」

「あなたに一番いいと思うことをやるわ」サニーが言った。「でも、私が脅迫すれば、警察を呼ばないでしょうね」

シェリルがうなずいた。

「両親は他の人がどう思うか、すごく気にするの」彼女が言った。

「誰でも少しは気にするわ」

「俺は違う」スパイクが言った。

「そうね」サニーが言った。「でもあの若い二人の男の子は気にしないの？　あの子たちがレストランに来たらいつもずっとしゃべっているじゃない」

「あれは別だ」スパイクが言った。「彼らは本当にキュートだから」

「秘訣はね」サニーはシェリルに言った。「自分にとって悪いことを自分にさせないことなのよ」

「あなたは人がどう思うか気にする?」シェリルが言った。

「ええ」

「自分にとって悪いことをしたことがある?」

「あるわ」

サニーはシェリルに微笑みかけた。

「私は大人だから、自分にもできないことをあなたに指示することができるの」

「あまり大人のような話し方をしないのね」シェリルが言った。

「年を取っていけば、私も進歩するわ」サニーが言った。

スパイクが、マーカム家の前にナビゲーターを止めた。

サニーがシェリルを見た。

「さあ、行くわよ」サニーが言った。

43

エルザ・マーカムが玄関のドアを開けた。

「シェリル」エルザが言った。「いったいこの人たちと何をしてるの?」

シェリルが肩をすくめた。

妻の後ろから、ジョン・マーカムが娘の後ろのスパイクを見た。

「この人は誰だ?」マーカムがサニーに言った。

「私のお供です」サニーが言った。

「はじめまして」スパイクが言って大きな笑みを浮かべた。

「帰ってくるつもりなの?」エルザが言った。「これはそのためなの?」

「中に入ってもよろしいでしょうか?」サニーがきいた。

「ここで話ができる」マーカムが言った。

「いいえ、できません」サニーが言った。「私たちは掃除機を売っているわけではありません。文明人らしく、中に入り、座って、話をする必要があります」

「何について?」エルザが言った。

「娘さんの幸せ、誘拐などについてです」

「いったい何の話をしているの？」

「まあ、いいから」マーカムが言った。「中に入れてやりなさい」

エルザは躊躇した。

「さっさとしろ、エルザ」マーカムが言った。

エルザは飛び上がらんばかりに退いた。サニーがシェリルとスパイクを家の中に入れた。みんな、サニーが以前来たことのあるリビングに座った。

「さて」マーカムが言った。「これはどういうことだ？」

「時間を無駄にしたくありませんから、単刀直入に」サニーが言った。「私はドン・カーヒルとハリー・ライルと話をしました。ラックリー・センターにも行きました。スパイクと私は、手短にですが、アブラハム・パットン教育学博士とも話をしました」

エルザが言った。「あなたが何の話をしているのかまったくわかりません」

マーカムが言った。「エルザ、黙っていなさい。一言も喋るな。今、弁護士に電話する」

「ほう」スパイクが言った。「弁護士！」

「私は警察官ではありません、ミスター・マーカム」サニーが言った。「弁護士など必要ありません」

マーカムはコーヒーテーブルの上から携帯電話を取り上げた。

「話をしたくなければ話す必要はありません。ただ、私の言うことをきいて下さるだけでいいんです」サニーが言った。

マーカムは携帯電話を握っているが、ダイヤルはしなかった。

「あなたは娘さんを誘拐する手配をしました。もうおわかりと思いますが、私はそれを証明できます。一連の関係は明らかです。非常に多くの人が関わっていますが、誰もあなたを守って破滅するようなことはしないでしょう」

マーカムは黙っていた。サニーは彼の凝視を受け止めた。

「この人はなんの話をしているの？」エルザがきいた。

誰も彼女に注意を向けなかった。

「おまえは自分の両親に不利になるような証言をするのか？」マーカムがシェリルに言った。

シェリルがうなずいた。

「彼女は証言すると思いますよ」サニーが言った。「私が知っていることを証言するように、彼女も自分の身に起こったことを証言するでしょう。裁判所もメディアも、それぞれ適切と思う対応をするでしょうね」

「帰ってくれと頼んだら？」

「帰ります」

「シェリルを残して帰るように頼んだら」

「彼女が望むなら、自由にここにとどまれます」

シェリルが言った。「いやよ」

「ということは、彼女は明らかに望んでいませんね」サニーが言った。

「彼女が出て行くのを私が押しとどめようとしたら、この男が間に入るのかね？」マーカムがきいた。

「もちろんですよ」スパイクが言った。

マーカムがうなずいた。携帯電話を置いた。

「要求は何だ?」

サニーは、なぜマーカムがビジネスで成功したかわかった。最初はちょっと自己中心的で尊大だったが、トラブルが起きると、自己抑制ができるのだ。

「娘さんに自分の人生を送らせてあげてください」サニーが言った。「愛情深い親のように接してあげてください。それから、家にいるときと同じように、彼女を援助してほしいんです」

「私たちが愛情深い親ではないと思っているんですか?」エルザが言った。

「ええ、そう確信しています。でも、それを議論しているのではありません」

妻を見ずに、マーカムが言った。「黙りなさい、エルザ」

サニーには、こう言った。「わかった。いくらだ?」

「金額と送金方法はこれから検討します」サニーが言った。「ここではっきりさせておきますが、すべてが同意した通りにならなければ、警察や報道機関に通報します」

「金額をEメールで知らせてくれ」

「シェリルはあなたに連絡を取るかもしれませんし、取らないかもしれません。彼女次第です。でも、私は彼女と連絡を取りますから、よかったら、随時情報を送ります」

「わかったわ」エルザが言った。

「彼女は、今朝、マサチューセッツ総合病院で検査をしてもらいました。鎮静剤の影響がまだありますが、それ以外は健康です。二日もすれば、それも消えて、元気になるでしょう」

エルザがうなずいた
サニーが言った。「何か言いたいことは、シェリル?」

「ないわ」

「あなたのために、あんなにしてあげたのに」エルザが言った。

「無意味でしたね」サニーが言って立ち上がった。

シェリルも立ち上がった。スパイクは初めから座っていなかった。

「お見送りは結構です」サニーが言った。

エルザもマーカムも一言も言わないばかりか、動きもしなかった。サニーとシェリルとスパイクは玄関から外に出た。

44

「ヘンプステッドのマイク・メイヨと話をしました」スーツがジェッシイに言った。「母親は、クレジットカードの請求書を、娘のどちらかが取りにくるまでとっておくそうです」

「彼女は何も持ってなかったのか？」ジェッシイがきいた。

「持ってましたけど、メイヨに渡しました。でも、請求書には何も請求されてません」

「何も？」

「そうです」

「そのカードは、セックスのためだけに使ったはずなのに」

スーツがうなずいた。

モリイがジェッシイのインターコムにかけてきた。

「ミスター・オグノフスキーが、お会いしたいと待っています」

ジェッシイが、手を振ってスーツに部屋から出て行くように合図した。

「待っている？」

「ええ、そうです」

「お通ししろ」ジェッシイが言った。「踏みつぶされないようにな」

すぐにニコラス・オグノフスキーがドタドタとジェッシイのオフィスに入ってきて、椅子に座った。

「今日はこの前より辛抱強いですな」ジェッシイが言った。

「俺だって辛抱強くなれる」オグノフスキーが言った。

ジェッシイがうなずいた。

「あんたのことをきいて回ったんだ」オグノフスキーが言った。

ジェッシイがうなずいた。

「あんたが怖がったり、逃げ出したりしないのは、俺がこの目で見た。みんなは、あんたが約束を守ると言っている」

ジェッシイが再びうなずいた。

「あんたが立派な警察官だとも言っている」

「そうだ」

「それから、立派な警察官であることが重要だと思っているそうだな」

「その通り」

「レジー・ガレンは犯罪者だ。死んだやつ、ノッコもそうだ」

「知っている」

「俺は犯罪者についてはいろいろ知っているんだ」

「だろうと思っていた」

「息子のピーティは、ガレンの下で働いていた。だから、息子が死んだとき、きいて回ったんだ。ガレンとノッコが一緒にビジネスをしていることがわかった。その二人が一緒にビジネスをしているバングストンという男のことも、二人がバングストンの娘と結婚したこともわかった」

「よく調べましたな」ジェッシイが言った。

「噂によると、バングストンの娘たちは誰とでも寝るそうだ」

「バンバン・ツインズ」ジェッシイが言った。

「何だ、バンバンとは？」オグノフスキーが言った。

「ファックの俗語だ」

オグノフスキーがうなずいた。

「バンバンのような女がいれば、ピーティはすぐに応じる」

「ピーティは、バングストンの娘たちとセックスをしていたと思うのですか？」

「両方と？」オグノフスキーが言った。「両方とは考えなかった。あんたは両方だと思うのか？」

「たぶん。それが二人のやり方だから。どっちがどっちだか区別ができない。モーテルによく行っていた」

「なら、彼女は、いや、二人は夫とバンバンやれば、モーテルにいく理由はないじゃないか」

「ないですな」とジェッシイ。

「他の誰かとバンバンするんだな」

「そうらしい」

「あんたは、俺がしゃべったことはみんな知っていたのか？」

「知っていた」

「それで、何にもしないのか？」

「誰がピーティを殺した？」ジェッシイがきいた。

オグノフスキーはしばらくジェッシイを睨んでいた。それから、ゆっくりとうなずいた。

「まだ、わからない」オグノフスキーが言った。

「そういうことだ」ジェッシイが言った。

「あんたは知らなきゃならないんだぞ」

「その通り」

「だが、俺は違う。たぶん、あいつらをみんな……」

彼は拳を突き出すと、蝶を放すように開いた。

「あいつらは誰もやらなかったかもしれない」ジェッシイが言った。

オグノフスキーが肩をすくめた。

「ノッコがやったのかもしれない」

オグノフスキーがまた肩をすくめた。

「ガレンが、ピーティを殺したからという理由でノッコをやったのかもしれない」

オグノフスキーはしばらく黙って、ぼんやりとジェッシイの後ろに目をやっていた。

それから、言った。「俺は息子を愛していた。復讐しても、息子は戻って来ない。だが、気は晴れるだろう」

ジェッシイがうなずいた。

「一人息子だった。他人のところで働き、するべきことをしながら、学ぶべきことを学んだら、いつの日か俺の跡を継ぐだろうと思っていた」

「だが、今ではそれもむなしい」

「そうだ」

オグノフスキーは言葉を切り、次の言葉を考えているかのように天井を見上げた。それから、言った。「この世界では、ニコラス・オグノフスキーと言えば、ちょっと知られた存在だ。だから、みんな俺の言うことをきく。俺が怖いからだ」

「そして、誰であれニコラス・オグノフスキーの息子を殺して逃げおおせたら」ジェッシイが続けた。

「ビジネス上まずいことになる」

オグノフスキーがうなずいて言った。

「その通りだ」

「もしガレンか、あの二人の女に何かあったら」ジェッシイが言った。「俺はあんたを探す」

「見つからないさ」オグノフスキーが言った。

「やつらがやってなくて、あとで俺が本当の殺人者を捕まえたら、どうする？　ビジネスはどうなる？」

「あまり良くないな。しかし、そんなに悪くもない。少なくとも血には血だ」

「たとえ間違った血でも？」

「いつでもやり直せるさ」

「次はもっと難しくなるぞ」

「かもしれない」オグノフスキーが言った。「しかし、できないわけではない」

「少し待ったほうが賢明かもしれないぞ。たぶん、二人で話し合えば、何か考えつくかもしれない」

「何をだ？」

「わからない」ジェッシイが言った。「しかし、二人よれば、何か考えだせるはずだ」

オグノフスキーは、しばらくの間、黙ってジェッシイを見ていた。

「少し時間を置くんだ」ジェッシイが言った。

オグノフスキーはジェッシイをずっと見ていた。ついに立ち上がり、それ以上一言も言わずにオフィスから出て行った。

45

彼女は、二週間、彼を観察していた。ほぼ毎晩、この〈グレイ・ガル〉に来てカウンターに座る。バーボンをオンザロックで飲み、しょっちゅう女と一緒に帰って行く。同じ女のことは一度もない。大きな男でハンサムだ。筋肉隆々で、その筋肉を見せるために違いない、いつも半袖のシャツを着ている。彼女は、ウオッカ・アンド・トニックをすすった。金曜の夜で、カウンターは混んでいた。しかし、彼女には時間があった。辛抱強くもある。待った。そして、ついに、カウンターの彼の隣の席が空いたとき、そこへ行って座った。彼は彼女をチラッと見ると、スツールを回して彼女に向き合った。

「会ったことがないね」彼が言った。

「ときどき来るの」と彼女。

「一人で?」

「そう」

「一杯おごらせてもらってもいいかな?」

「ええ」

「ウォッカ・トニック？」

「ええ」

彼はバーテンダーの一人に合図し、注文した。

「この近くから来たの？」

「いいえ」

「どこから？」

「ブルックリン」

「ブルックリンだって？」

「そうよ」

「驚いたな」彼が言った。「君は口数が多くないね」

彼女が微笑んだ。

「たいていの男の人もそうだわ」

彼がうなずいた。

「そうだな。なぜブルックリンからここへ来たんだ？」

「夫がここで仕事をしていたから」

「夫？」

「ええ。でも、もういないわ」

「もう結婚していないのか？」

「ええ」

酒が来た。彼は自分の飲み物を取り上げる前に、人差し指で中の氷をかき回した。

「新しい夫を探しているのかい？」

「いいえ」

「何を探しているんだ？」

「私、男が好きなの」

彼はニヤッとして、彼女に向けてグラスを上げた。

「俺も男だ」

「そうね」と言って、彼を見た。「筋肉隆々ね」

彼がうなずいた。

「体形を保つように頑張っているんだ」

「仕事はしているの？」

「もちろん。何だと思う？　ネックに住んでる男の警備だ」

「乱暴するの？」

「自分からトラブルを求めることはない、とだけ言っておこう。だが、トラブルを探しているやつがいれば、与えてやるさ」

彼女がうなずいた。

「そういうのをきくと興奮するわ」

「興奮するのか？　どこかへ行って、他に何か興奮させてくれるものがないか、考えてみないか？」

「私のところはどう」

「すばらしい」

「ちょっとトイレに行ってくるわ。それから私のところに行きましょう」

「いいとも」彼が言った。「君の名前は？」

「ナタリアよ」彼女が言った。「あなたは？」

「ノーミーだ」

46

死んだノッコ・モイニハンの門の警備は、レジー・ガレンの門の警備とよく似ていた。しかし、ジェッシイは前もって電話を入れていたので、警備員は手を振って通してくれた。

ロビー・モイニハンがドアを開けた。黒いバックベルトのハイヒールをはき、黒いリネンの短いサンドレスを着ていた。

「ストーン署長」彼女が言った。

「ミセス・モイニハン」ジェッシイが言った。

「まあ、何回言ったかしら。ロビーと呼んで」

「わかりました」

ジェッシイは彼女のあとからリビングに向かった。

「言ってみて」ロビーが言った。

「ロビー」とジェッシイが言った。

「それでいいわ」

彼女は、身振りで彼に椅子に座るように促した。

「座って」

「ジェッシイと言えますか?」彼が言った。

彼女が微笑んだ。

「座って、ジェッシイ」彼女が言った。「ジェッシイ、ジェッシイ、ジェッシイ!」

「わかりました、ロビー。たぶん、私たちは友人でしょう」

「たぶんでなく、絶対に」彼女が言った。「コーヒーはいかが? それとも、一杯おやりになる?」

「コーヒーには遅く、酒には早い」

「それに、あなたは勤務中」

「厳密に言えば、私は常に勤務中です。しかし、実は、あなたがどうしていらっしゃるかと思って伺ったんです」

「公務ではないの?」

「ええ」

「それなら、お酒を飲んでもいいはずね」彼女が言った。「私はシャンパンを飲むつもり。少なくとも、ちょっとは飲んでくださらないと、私、気を悪くするわ」

ジェッシイはしばらく黙っていた。

それから、言った。「ありがとう。一杯いただきましょう」

「よかった。シャンパンは楽しいわ」

彼女は部屋から出て行くと、すぐにシャンパングラスを二個と、クリュグの壜が入ったアイス・バケットを持ってもどってきた。

「シャンパンのボトルを開けるのは男の仕事だと思うわ」

「そうですな」

ジェッシイはボトルを開け、彼女のグラスと自分のグラスにシャンパンを注いだ。彼女に向けてグラスを上げた。

「より良い未来のために」彼が言った。

彼女が微笑みながら、グラスを上げた。

「寄ってくださるなんて、本当にやさしいのね。ちょっと憂鬱だったの」

「当然ですよ」

彼は少しすすった。とにかくこれはシャンパンだ。ただ自分の好みではない。

「つらかったわ」彼女が言った。「でも、姉がいますから」

彼女はシャンパンの残りを飲み干して、グラスを差し出した。ジェッシイは注意深くグラスを満たした。すると、彼女がジェッシイに向けてグラスを上げた。

「あなたのために」彼女が言った。「それから、夫を殺したやつを捕まえるために」

彼女は飲んだ。ジェッシイは慎重にすすった。

「なかなかはかどらないんですよ」ジェッシイが言った。

「何か手掛かりは？」

「ぼちぼちと。しかし、どれも、信頼できるものではありません。二つの殺人事件は関係があるとにらんでいますが」

「二つ？　ああ、かわいそうに、ピーティですね」

「彼が好きでしたか？」

「ええ。私たちは二人ともピーティが大好きでしたわ」

「あなたとお姉さん」

彼女がグラスを差し出し、ジェッシイが満たした。ボトルはほぼ空っぽだった。シャンパングラスは、あまり入らないが、彼女はぐいぐい飲んでいた。

「ええ」

「レイ・マリガンからは連絡がなかったでしょうね？」

彼女が彼のほうに身を乗り出した。前腕を腿の上にのせ、両手でシャンパングラスを持っている。

「ジェッシイ」彼女が言った。「私を訊問しているの？」

「そんなつもりはありませんよ。たぶん、警官を長くやりすぎたからでしょう」

彼女がうなずき微笑んだ。目が光っている。

「それに、あなたは署長ですもの」

「それが輪をかけているんですな」

「私たちはあなたを信じているわ、ジェッシイ。あなたを頼れると信じているのよ」

「ありがとう」

二人はしばらく沈黙した。ジェッシイは、意識下の性的欲求が部屋に浸透して来るのを感じた。そんなことがどうしてわかるのかは、わからない。しかし、とにかく、わかるのだ。以前にもそれを感じたことがあって、間違ったことはなかった。それから、彼女がレイ・マリガンについての質問に答えなかったことにも気づいていた。

彼女は、身体を乗り出したまま、ジェッシイを見ていた。

しばらくして、言った。「セックスはお好き、ジェッシイ？」

「ええ」

「あなたの知っている女性はセックスが好きかしら？」

「そう思いますよ」

「セックスの好きな女性をいいと思います？」

「ええ、思いますね」

意識下の性的欲求は、今では息がつまりそうなほどだった。彼女はシャンパンのボトルを取り上げ、わずかに残っているものを、まだいっぱい入っているジェッシイのグラスに注いだ。

「一人以上の女性とセックスをしたことがあります、ジェッシイ？」

「同時にしたことはないですな」

彼女はニッコリし、空になったシャンパンのボトルを取り上げた。

「もっと持ってきます」彼女が言った。

シャンパンのボトルを空けたのはほとんど彼女だったが、舌はもつれていない。部屋を出て行く彼女の歩き方も、少しも乱れていなかった。

彼女が戻って来たらどうなるだろう、とジェッシイは考えた。

47

彼女らは一緒にやって来た。二人とも黒の小さなサンドレスを着て、バックベルトのハイヒールをはいている。一人がシャンパンのボトルを持っていた。並んでいても、二人を見分けることは難しい。

「あなたがたは、同じ服を着て、一緒に家の中をブラブラしてらっしゃるんですか？」

「実は」一人が言った。「ときどき、そうしているの。でも、あなたが電話をくださったとき、一緒に楽しい時間を過ごせるかもしれないと思ったのよ」

ジェッシイがうなずいた。

「例えば、ロビーがあなたを中に通したけれど、シャンパンを持って行ったのは私」

「じゃ、あなたがベッカ」

「そうよ」

「どうしてわかるんです？」

二人とも笑った。

「次がどうなるかご覧になりたい？」ロビーが言った。

「もちろんですよ」

ロビーがベッカに背中を向けた。ベッカが背中のシッパーを下げた。次に、ロビーがベッカのジッパーを下げた。そして、二人してジェッシイのほうを向くと、同時にサンドレスを落とした。二人とも、下に何も着ていなかった。

「天国にいるようだ」ジェッシイが言った。

二人がにっこりした。リハーサルを積んだダンスチームのようだ。立ったポーズも同じだ。二人は美しさを発散している。

「さあ」ロビーが言った。「ベッドルームに行くわよ。あなたも裸になって。誰が誰に何をしているか、最後までわかるかしら」

「なぜ私がそういうことをしたいんですかね？」

「楽しいからよ」ベッカが言った。

ジェッシイは座ったまま、二人を考え深く見ていた。二人は華やかで美しい。しかも、そっくりだ。二人は小さな輪を描きながら動いた。ジェッシイは、またもや、どっちがどっちだかわからなくなった。

「バンバン・ツインズだ」ジェッシイが言った。

二人が声を揃えて言った。「そんなこと言わないで」

「その名前が嫌いなの」一人が言った。

何て異様なんだ、とジェッシイは思った。二人の裸の女性を訊問しているとは。

「このゲームをピーティとやっていたんですか？」

きちんと服を着た人の前に裸で立ち、訊問されるのは、さぞ大変にちがいない。

「ジェッシイ」一人が言った。「友人として訪ねてきたと言ったでしょう」

「それとも、ノッコと?」

再び、彼らは同時に答えた。

「ばかなこと言わないで」

「ノッコのどこが悪いんです?」

「豚なのよ」一人が言った。

「レジーは? 彼も豚なんですか?」

「違うわ」二人は答えると、顔を見合わせてクスクス笑った。

「そんなことを考えるのはやめて」一人が言った。「遊びましょう」

「ここでやってもいいのよ」もう一人が言った。「あなたがそのほうがいいなら」

ジェッシイは、まだいっぱい残っているシャンパンのグラスをコーヒーテーブルに置くと、立ち上がった。

「非常に魅力的なお申し出だが、署長マニュアルの規則三にこう書いてあるんです。バンバン禁止」

双子は、ジェッシイが歩き去るのを呆然と見ていた。

48

〈グレイ・ガル〉の二人用のテーブルから、港とその向こうのパラダイス・ネックが見えた。まだ夕刻の早い時間だった。港では、繋がれたボートがゆっくりと揺れている。その時間帯、あたりはかすかに青みを帯びている。サニーはリースリングを飲み、ジェッシイはビールをすすっていた。

「二人とも」サニーが言った。

「ああ」

「素っ裸で」

「そうだな」ジェッシイが言った。「靴ははいていた」

「どうだった？」

「目新しくて、いつもと違っていた」

「性的な刺激は受けたんでしょう？」

「そうなんだ」

「でも、最後まではやらなかったのね」

「ああ、やらなかった」

「なぜなの？」

「いい考えのようには思えなかった」

　サニーが微笑んだ。

「裸の女に挑まれたとき、いい考えかどうか考えるような男には、あまり会ったことがないわ」

「わかってる」ジェッシイが言った。「俺もちょっと驚いたんだ」

「二人だという事実にひるんだのかしら？」

「そうかもしれない。標準的な一対一以外のことをした覚えがないからな」

「二人が殺人者かもしれないから、ひるんだのかもしれないわね」

「それには、ひるむな」ジェッシイが言った。「それから、二人を裁判所に引っ張るようなことがあった場合、被告人弁護士に、はい、私は二人とセックスをしました、と説明するのかと思うと、これまた、ひるむよ」

「昔ながらの集団暴行の弁護ね。お互い楽しんだと主張するんでしょう」サニーが言った。

「そういうことさ」

「双子はどう受け止めたの？」

「拒絶をか？　ただ俺を凝視して、一言もなかった」

「そして、あなたは帰って来た」

「そう」

「たぶん、〝ノー〟と言われたことがなかったのね」サニーが言った。

「〝イエス〟よりずっと少ないだろうな」ジェッシイが言った。

「それで、この実習で何を学んだの？」

「セックスをしたがっている誰とでもセックスをする必要はないってことかな」

「女の子は、そんなこと思春期の頃から知ってるわ」サニーが言った。「事件に役立つことは何かわかったの？　そのためにそんな状況に自分を追い込んだんでしょう」

「明らかに、双子はピーティとやっていた」ジェッシイが言った。「ノッコとはやらなかったこともはっきりした」

「モリイの言った通りね」

「確かに」ジェッシイが言った。「それから、二人ともレジーとやってると思う」

「不貞と殺人は、両立しないことはないわ」サニーが言った。

「おっ。そう言えばよかったなあ」

「あら、そう言えたら、でしょう」

二人とも笑った。ウエイトレスがもう一杯ずつ持って来た。

「スパイクが寄越したんだわ」

「お礼を言っといてくれ」

「今日のメニューをご説明しても？」ウエイトレスが言った。

「あとでいい。今、誘惑の決定的瞬間なんだ」

「まあ」ウエイトレスが言った。「オイスターを（催淫効果があるとされている）お持ちしましょうか？」

「あとで知らせるよ」

ウエイトレスは微笑んで、去って行った。

「シナリオの一」ジェッシイが言った。「妻がピーティとやっている。ノッコがそれを発見、嫉妬のあまりピーティを殺す。次に、レジーとやっているのを発見。レジーを殺そうとしたが失敗」

「レイ・マリガンは？」

「そう。それも気になるんだ」

「ノッコが幼友だちの警備員を辞めさせたすぐあとで殺されるなんて、ちょっとおかしいわ」

「そうなんだ。双子が彼を辞めさせるのに手を貸したかもしれない」

「なぜ？」

「たぶん、ノッコには死んでもらいたかったんだ。ピーティが好きだったのかもしれない」

「じゃ、誰が引き金を引いたと思うの？」

「レジーか？」ジェッシイが言った。「あるいは、ボブがやったか？」

「ピーティの復讐？」

「おそらく」ジェンが言った。「もしかして、バンバン・ツインズが彼にやらせたのかもしれない」

「地方検事に持って行くものは、何か手に入ったの？」

「あまりない」

「〝あまりない〟とは、ずいぶん誇張してるわね。何もないんじゃない」

「まあ、そういうことだ」

　サニーは、最初のワインを飲み終わり、グラスを脇におき、スパイクのおごりのグラスを自分の前に持って来た。ジェッシイはすでに二杯目のビールに口をつけている。

「レイ・マリガンが見つかれば、助かるのにね」サニーが言った。

「そうだな」ジェッシイが言った。「見つけられれば」

「あなたは署長でしょう」サニーが言った。

「そうだった」ジェッシイが言った。「もちろん見つけるさ」

ウエイトレスが戻って来た。

「ご注文はお決まりですか?」

ジェッシイがサニーを見た。サニーがうなずいた。

「ああ、決まった」

「こちらのオイスターはいかがですか?」

「彼に一ダースもってきて」サニーが言った。

ウエイトレスがニッコリして、人差し指でジェッシイを指した。

49

「私、考えていたんですけど」サニーが言った。

ドクター・シルヴァマンがうなずき、話を聞こうと微かに頭をかしげた。

「この前、不完全だということについて話をしました」サニーが言った。

「不完全と感じるということについて話をしたのよ」ドクター・シルヴァマンが言った。

サニーがうなずいた。

「それはともかく」彼女が言った。「母親と姉のことを考えていました」

ドクター・シルヴァマンが、促すように小さくうなずいた。

「お姉さま?」

「ええ。で、姉はメチャクチャなんです。母のように。二人がどんなかご存知ですよね。お話ししたことがありますから」

「もう一度話をするのも役に立つかもしれないわ」

「忘れてしまったんですか?」

「忘れることは、もちろんあるわ。でも、今度の場合、治療手段の意味があるの。同じことを違う角度から再検討すれば、ときには新たな発見があるのよ」

「母はほとんど何も知らず、多くのことを恐れています。でも、たくさん知っていて、何も恐れていないふりをしています」

「それはきっと大変なことでしょう」

「それで、しょっちゅうヒステリーを起こします。もちろん、彼女は否定しますけど」

ドクター・シルヴァマンがうなずいた。

「そして、姉も母そっくりなんです。あまり物事を知らず、知識の代わりに信念に頼っているんです。いい学校に行くことが良いことだと信じる。良い学校に行って……名声と……お金を持った男と一緒になることがいいと信じる」

「でも、それはうまくいかなかったのね」

「ええ。彼女は、夫や男やキャリアを次々と変えていったけれど、そのどれも成功しませんでした」

「彼女が信じていたことは、結局失敗に終わった」

「そうなんです。本質的なものを信じないからなんです。でも、失敗は彼女の愚かさを定着させるだけでした。二人とも、父が言うように、しょっちゅう間違いを起こすのに、いつも自分が正しいと思っています」

「お姉さんもヒステリーを起こすことが多いのかしら？」

「そうなんですよ」

「それを彼女は認める？」

「絶対認めません」

二人は黙っていた。ドクター・シルヴァマンは、いつもと同じように落ち着いていた。黒いスカート、白いシャツ、非常にわずかな宝石、伝統的なデザインのヒール。おそらく、仕事用の服装なのだろう。患者の気をそらせない。化粧も控えめで地味だ。爪はマニキュアをし、磨いてある。
「感情が混乱しているんです」

「二人は、私が成長するときのお手本でした」

ドクター・シルヴァマンがうなずいた。

「で、あなたは、女はみんな感情が混乱していると思った？」

「二人のようになりたくないと思いました」

「誰のようになりたかった？」

「父です。男になりたかったという意味ではありません。混乱したくなかったんです」

ドクター・シルヴァマンがうなずいた。

「こういう状況でお父さんはどんな役割を担ったのかしら？」

「父は二人の面倒をみました。今もみています。もしかして、二人の態度を助長しているのかもしれません。わかりませんけど」

「なぜお父さんは二人の面倒をみるのだと思う？」

「どうしようもないんです。二人を愛していますから」

「お父さんは、あなたも愛しているでしょう」

「ええ。でも、私の面倒はみません」

「なぜあなたの結婚が崩壊したのか、もう一度話してみて」

「私たちがあまりにも違いすぎていたのだと思います。私の父は警察官で、彼の父親は犯罪者です」

「では、彼に惹かれたわけは？」

「彼はとっても完璧で、私を愛してくれました」

「でも、リッチーは家業に携わっていなかったんでしょう、そう話してくれたわね」

「ええ。私はそう信じています」

「では、なぜ別れたのかしら?」

サニーは黙って、ドクター・シルヴァマンを見ていた。質問は、ごく簡単なものだ。〝なぜ私たちは別れたのか?〟。沈黙が続いた。ドクター・シルヴァマンは、気まずい思いをしているようには見えなかった。ただ椅子に深く腰掛け、待っている。〝彼女は、私が自分で答えを見つけられると思っているんだわ〟

「ああ、そうか」サニーが言った。

ドクター・シルヴァマンは頭をかしげ、話をよくきく様子を見せた。

「なぜなら、彼が完璧な人だから」サニーが言った。「なぜなら、彼が私の父のようだから、私は母か姉になったような気がしたからなんだわ」

ドクター・シルヴァマンが微笑した。よくできたじゃない、サニーは心の中で言った。

「人の美点は人の欠点でもあるのよ」ドクター・シルヴァマンが言った。

50

電話でリコーリが言った。「あんたのメッセージは受け取った。レイ・マリガンはしばらく前にいなくなった」

「どこにいるか知ってるか？」ジェッシイがきいた。

「はっきりとは。だが、彼の保護観察官を知っている」

「彼なら知っているかもしれないんだな」

「知っているはずだ。名前はマーク・ブルーム」

リコーリは、ブルームの電話番号をジェッシイに教えた。ジェッシイが書き留めた。

「保護観察官とは話をしたのか？」

「いや、あんたが話すべきだと思ったからな。あんたの事件だろ」

「あんたこそ、この前こっちに来て、自分の事件のように振る舞わなかったか？」

「あれは、ヒーリィに頼まれたからだ」

「で、俺が頼んだら？」

「ヒーリィは州の警部だが、あんたは違う。何だよ、保護観察官の電話番号を教えたろう」

「そうだな。わかった。俺が電話する」

ジェッシイは電話を切った。

「まったく」誰もいない署長室に向って言った。「俺は署長だぞ」

それから、レイ・マリガンの保護観察官の番号をダイヤルした。

「二週間前までそちらの町に住んでいました」ブルームが言った。「今はセーレムのラファイエット・ストリートに部屋を借りています。大学の近くです」

「なぜ引っ越したのか知ってますか？」ジェッシイが言った。

「パラダイス・ネックのお屋敷で働き、そこのゲストハウスに住んでましたが、二週間前に首になって、出て行かなくてはならなくなったんです」ブルームが言った。

「彼が働いていた家のことは知っていますか？」

「モイニハンという家族です」

「彼はどんな仕事をしたんでしょう？」

「お抱え運転手です」

ジェッシイは電話をしながら、静かに鼻を鳴らした。

「なぜ首になったかはご存知で？」

「彼の話だと、奥さんが彼に難癖をつけたと思ったそうです」ブルームが言った。

「理由は？」

「理由はわからないと言ってました」

「今は何をしているんですか？」

「仕事を探しながら、解雇手当で暮らしてます」

「いくらもらえるんですかね？」

「充分に」

「いくらです？」

「残念ですが、あなたの事件と密接に関わっていることが明らかでないかぎり、私と私の仮出所者との間の秘密事項だと思っています」

「あなたの仮出所者」

「そうです」ブルームが言った。「彼は刑期を務めましたから、今は他の人と同じように考慮される資格があります」

「あなたは、仕事を真剣に考えているんですね」

「ええ、そうです。私の第一の責任は、市民を保護すること。そして、第二は、仮出所者を助けることなんです」

「矛盾したことは？」

「もちろん、あります。ケースバイケースで対処しています」

「いいことですな」ジェッシイが言った。「ところで、彼と話をする必要があります」

「いいですよ」

ブルームがジェッシイに電話番号を教えた。

「会って話す必要があります」

ブルームが住所を教えた。

「前で待ち合わせましょう」ブルームが言った。

「いや、結構です。彼と二人だけで話す必要があるんです」

「どうして？」

「あなたとトラブルを起こすようなことを、話してもらう必要があるかもしれないからですよ」

「たとえば？」

「あなたとトラブルを起こしてもらいたくないんです」

「私は彼の責任者です」ブルームが言った。「どういうことなのか知っていなければなりません」

「今回は別です」

「いったいどういうことです？　私は市民の安全を守る責任があるんですよ」

「私がないとでも？」

「ああ、いや、ありますよ」ブルームが言った。「でも、私は事情を知っている必要があるんです」

「あなたのご心配はわかります」ジェッシイが言った。「しかし、私はマサチューセッツ州パラダイスの警察署長です。今二つの殺人事件を捜査しているが、まだ何もわかっていないんだ」

「私が行けば、うまくいきます」

ジェッシイは長々と息を吸った。

「彼は、あんたに刑務所に送り返されるかもしれないと思ったら、私に話をしてくれないだろう」

「あなたを彼のところにやるだけで、私が行かなければ、私の顔がつぶれる」

ジェッシイは、椅子に寄りかかると、ぐるっと回した。オフィスの窓から、隣のドライブウエイで消防車を洗っているのが見える。彼は注意深く息を吸い、吐いた。

それから、言った。「彼と話をしなければならないときに、俺たちの側にやって来たら、あんたをラファイエット・ストリートに投げ飛ばし、顔を踏んづけてやる」

「何だって」

「それから、あんたを首にさせてやる」

ジェッシイは電話を切ると、オフィスのドアから大声でモリイを呼んだ。すぐにモリイが顔を出した。

「インターコムが壊れたんですか？」

「スーツはどこだ？」

「詰所でコーヒーを飲んでいると思いますけど」

「ここに連れてこい」

「うわあ、今日は機嫌が悪いわね。それとも、何かあったんですか？」

「署長のマニュアルには、一カ月一時間の不機嫌期間が設けられている」

モリイがニヤリとした。

「今月のはもう使い切ったと思いましたけど」

「いいからスーツを呼んで来てくれ」

「はい、はい」

51

セーレムのラファイエット・ストリートは、主として下見板張りの家に、ときおり、一九三〇年代のものと思われるレンガ造りの建物が並んでいた。その一つ、通りの左側、大学の少し北にあるのが、レイ・マリガンの新しい住まいだった。ジェッシイは自分の車を運転していた。彼もシンプソンも制服を着ていない。通りの反対側に車を止めた。

「いいか」ジェッシイが言った。「マリガンの部屋は四階の四Bだ。俺が行く。お前は外で待機。誰も部屋に入れないようにしろ」

「もし入ると言い張ったら？」

「言い返せ」

「俺たちは、セーレムの管轄権がないんじゃないんですか？」

「もしそう言われたら、あると言え」ジェッシイが言った。「俺はマリガンと二人だけで話がしたいんだ」

「中でトラブルが起きたら？」スーツが言った。

「俺が叫んだら、走ってこい。そうでなければ、あの保護観察官のやつを近づけないでくれ」

スーツが敬礼した。

「わかりました、ボス」

エレベーターはなかった。二人は歩いて上がった。四階で立ち止まり息を整えた。それから、スーツは、階段の上の壁に寄りかかり、ジェッシイは短い廊下を歩いて行って、四Bのドアをノックした。

マリガンは大男だった。白のタンクトップに、グレイのスエットパンツをはき、禿で、丸い赤ら顔をしている。太鼓腹になりつつあるのが、ジェッシイの目に留まった。腕は青白く筋肉隆々で、黒っぽい刑務所の刺青がある。ジェッシイは警察バッジを掲げた。マリガンはそれ見て、ニヤッとした。

「どっちにしてもわかったよ」彼が言った。

「どうして？」

「お巡りのように見えるんだよ」

「まずいな」

マリガンがドアの脇に寄り、ジェッシイは部屋の中に入った。非常に小さな部屋だった。ベッドルーム兼居間、小さなキッチン、そしてバスルーム。きちんと片付いている。ベッドは整えられ、そこらへんに服が散らかっていることもない。《ボストン・グローブ》と《セーレム・イブニング・ニュース》が、ベッドの上に畳んで置いてある。

「朝飯を作っているところなんだ」マリガンが言った。「話をしながら、料理をしてもいいかね？」

「それはかまわない。何を作っているんだね？」

「タマゴとほうれん草」マリガンはそういうと、レンジのところに行った。

茶色の革のサンダルをはいている。「どこのお巡りだ？　バッジを読みもしなかった」

「名前はジェッシイ・ストーン。パラダイスの署長だ」

「ああ、そうか」マリガンが言った。「ノッコが殺された件だろう？」

「そうだ」

「俺は何の関係もないぜ」

「証明できるかね？」ジェッシイが言った。

マリガンは、フライパンのほうれん草をフライ返しで少しかき回した。

「必要ないだろう」

「その通りだが、アリバイがあれば、時間を無駄にせずにすむ」

「正確にいつ殺されたのかも知らないんだぜ」

ジェッシイが教えてやった。

「今は思い出せない」マリガンが言った。「しかし、必要なら、絶対、何か思い出すよ」

「俺もそう思う。あんたは、これまでほとんどずっとノッコを知っていたんだろう」

「ああ、一年生のときから。尼さんたちがいる、セント・アンソニーズだ」

「それから、長い間彼のボディガードをやっていた」

「ノッコと俺はずっとお互いの面倒を見て来たんだ」

「長年」

「この二、三年、やつもちょっと柔らかくなって来た」マリガンが腹を叩いた。「みんな、そうなるんだ。だが、やつはタフな男だった」

「そうだったらしいな」

「俺を首にしなければ、あれは防げたかもしれなかった」

「残念だったな」ジェッシイが言った。「なぜお前を首にしたんだ？」

マリガンは、タマゴを二つフライパンに割り入れ、蓋をした。レンジの上の時計を見た。

「女房だよ」マリガンが言った。

「彼女が首にしたのか？」

マリガンはタマゴのタイミングを計っている。

「ある朝ノッコが俺を呼んで、いきなり言ったんだ。『レイ、レイ、お前に辞めてもらわなきゃならない』。で、俺は言ったね。『俺を首にするんですかい』。すると、ノッコは『そうだ。今日中に出てってくれ』と言ったんで、俺は『どうして？』ときいたよ。すると彼は言ったんだ。『お前を殺したくないからだ。お前との付き合いは長過ぎた』」

マリガンはフライパンの蓋を取って、タマゴを見た。うなずいて、レンジの火を止め、フライ返しを使って、注意深くタマゴとほうれん草を皿の上に移した。皿を小さなカウンターに載せ、ジェッシイを見た。

「『どうして俺を殺すんだ』ときくと、ノッコは『ロビーがお前の話をした。お前が彼女に何をしようとしたか話したんだ』と。で、俺が『あんたが何の話をしているかわからないよ。彼女に触ったこともない』と言うと、ノッコは『彼女が自分で言ったんだぞ。女房が嘘つきだというのか？』と言った。俺が『ノッコ、おふくろにかけて言うが、彼女のそばに行ったこともない』と言うと、やつは立ち上がって、拳銃を出して言った。『今、出て行け。そうしないと神かけて、この場でお前を殺すぞ』。俺は彼が本気なのがわかったから、出てきたんだ。それ以来、彼には一度も会っていない」

「女房にちょっかいを出したのか？」ジェッシイがきいた。

「出してないさ」

彼はカウンターに座った。

「食べてもかまわないかね？」

「ああ、食べてくれ」

マリガンはタマゴに塩と胡椒を振った。

「女房がちょっかいを出したのか？」ジェッシイがきいた。

マリガンがタマゴとほうれん草をほおばった。頭を上げ、うなずいて認めた。

嚙んで飲み込むと、言った。「あんた結構鋭いじゃないか。そうなんだ、彼女と、あのすきものの姉が、二人して俺に色目をつかったんだ」

「一緒にか、それとも別々に？」

「両方だ」マリガンが言った。「コーヒーは飲むかね？」

「いや、結構。しかし、その誘いにのらなかったんだな」

「そうだ」

「ノッコのためか？」

「そうだよ、もちろん」

ジェッシイがうなずいた。

「誰かがノッコを殺せるように、二人があんたを首にしたと思うかね？」

マリガンは再び飲み込むと、ペーパータオルで口を拭った。

「ああ」彼が言った。

「誰が殺したか知ってるか？」

「いや。しかし、あの姉妹と関係があるはずだ。あの二人、じっとさせておけるなら、タラとでもファックするさ」

「ペトロフ・オグノフスキーにも、ちょっかいを出したと思うか？」

「ああ、きっと。知らないけどな。でも、ボブ・ディヴィスが言ってたが、彼にも手を出したそうだ」

「レジーのボディガードの？」

「そうだ。ボビーには騙されないようにしろよ。やつは俺のようにでかくて、意地が悪そうに見えないが……」

「俺も、気づいていた」

「そうなんだ。ボビーには何かあるぜ」マリガンが言った。「あんたも気づいたんだろう」

「署長だからな」ジェッシイが言った。

マリガンがニヤリとした。

「いや、そうじゃないね」

ジェッシイがうなずいた。

「なぜ、オグノフスキーが殺されたのか知ってるか？」彼が言った。

「いや」

「ノッコは？」

「あの姉妹について、さっき言ったことのほかにか？　知らねえな」

「ノッコは妻を愛していたかね？」

「愛してたよ。いつも、彼女が結婚してくれたのには驚かずにいられないと言ってたんだから」

「レジーとは、うまくやっていたのか？」

「俺の知ってる限りは、泥棒同士のように仲が良かった。おっと、そのものズバリか」

「お前は復讐を考えたことはないか？」

「双子の女どもにか？　あんたはお巡りだろう」マリガンが言った。「ここでイエスといい、彼らに何かあったら、あんたは誰に会いに行くんだ？」

ジェッシイがニヤッとした。

「とにかく、お前に会いにくるさ」

マリガンが肩をすくめた。

「俺の保護観察官は、あんたがここに来てるのを知ってんのか？」

「ああ」

「理由も？」

「ただお前に質問したいとだけ。一緒に来たがった」

「何と言ったんだ？」

「もしここに顔を出せば、ラファイエット・ストリートの真ん中に放り投げて、顔を踏みつぶしてやると」

「そりゃいい」

「まだ、話してないことは？」

「知ってることは、だいたい全部話したな」

マリガンがトーストを食べた。ジェッシイは立ち上がって、シャツのポケットから名刺を出し、マリガンの横のカウンターの上に置いた。

「何か思いついたら、電話をくれ」

「わかった」

「ここで話したことは、あんたの保護観察官には言わないでおくよ」

「ありがとう」

「しかし、お前が借りを返そうとして、事件に関わる誰かに何かがおきたら、俺は厄介ごとを持って戻ってくるぞ」

マリガンが再びうなずいた。

「あのな」彼が言った。「俺みたいな男は、借りを返す以外にあまりすることがないんだ」

「それは無用なトラブルの元だ」ジェッシイが言った。「俺が借りを返してやる」

マリガンがゆっくりうなずいた。

「生まれてこのかたずっとノッコを知っていた」彼が言った。

52

「あの娘を〈リニューアル〉の連中のところに戻したのか？」ジェッシイが言った。

「そうなの」とサニー。

「彼女は大丈夫か？」

「そう思うわ。肉体的には元気。私の医者に診てもらったの」

「彼女は〈リニューアル〉に戻って、幸せかな？」

「そう見えるわ」

「よくやったな」

「だといいけど」サニーが言った。「ステキなことがあったの、わかる？　彼女がどうしているかと思って寄ってみたの。そうしたら、彼女が話してくれたんだけど、スパイクが一週間に二、三度様子を見に来てくれるんですって」

「彼女を安心させてるはずだ」

サニーがうなずいた。暗いビロードのような夜、白ワインのグラスを手に、ジェッシイと彼の小さなバルコニーに座っていた。彼はビールをちびちび飲んでいる。彼らの目の下では港が暗かった。ただ、誰かが暮らしているボートで、時折、光が上下に揺れた。

「景色のことだが」ジェッシイが言った。「景色がいいからと家を買う。二、三日はその景色に夢中になるが、その後はあまり気づかなくなる」

「今は、気づいているでしょう」

「君といるからだ」

「私といると違うの？」

「そうなんだ」

二人は黙った。周囲から遠い音が聞こえてくる。港からは、ロープやワイヤがマストを叩く微かな音。フロント・ストリートからは、時折通り過ぎる車。コンドミニアムからはくぐもったテレビの音。

「ありがとう」サニーが言った。

「お礼を言うことはないさ」

二人は並んで座っていた。ジェッシイは、隣の彼女の存在をこれほど感じたことはなかった。ハーバーフロントの夜の静寂は、この場にぴったりなものに思われた。まるで何かわくわくするようなことが、すぐそこまで来ている感じだ。ジェッシイはその邪魔をしたくなかった。

「昨日ドクター・シルヴァマンと話したことをきいてもらいたいの」

「わかった」

彼女が話した。彼は一言も口を挟まずに最後まできいていた。

それから言った。「それがリッチーとの結婚をだめにしたのか。彼が立派すぎたということが？」

「父みたいなの。だから、私は怖かったのね、母や姉のように頼りっぱなしのどうしようもない人間になるんじゃないかって」

ジェッシイがうなずいた。

「まあ、言わせてもらえば、君はそうならなかった」

「怖かったの」サニーが言った。「彼と毎日闘っていた。彼の立派さと。毎日彼と張り合っていたわ。命がけで闘っていた」

「お母さんのようにならないために」

「そうなの」

「彼の欠点は、立派すぎるということだったんだな」

「ある意味では、そうね」

「君が俺を好きになったのも不思議はないね」とジェッシイ。

「あなたが大好きよ」サニーが言った。

「嬉しいね」ジェッシイが言った。「立派にならないように気をつけよう」

「お世辞を引き出そうとしてもだめ。私は、あなたよりずっとあなたのことを高く評価しているのよ」

「飲酒問題を抱えたバツイチの田舎警官」ジェッシイが言った。「それに将来もない」

「そういう話はディックスとやりなさい」サニーが言った。「私は自分の問題から脱出できて、わくわくしているの。あなたの病状に巻き込まれるつもりはないわ」

「ほう」

「生まれてからずっと背負って来た重荷から自由になったのよ」

「わかってるよ。よかったな」

「あの人はいい精神科医よ」

「両方揃わなきゃ」ジェッシイが言った。「良い精神科医、良い患者」

「ありがとう」

「どういたしまして」

「二つの殺人事件はどうなったの？」サニーがきいた。

「良くもあり悪くもある。どういう事だったのか、ほぼ確信しているが、どれも証明できないんだ」

「知ることはいいことよ」サニーが言った。

「証明できればもっといい」

彼は知っていることを話した。

「それなのに、地方検事のところに持って行く事実が一つもないのね」

「そうなんだ。しかし、復讐の機会を求めて、犯行現場付近をうろついている危険な男が二人いる」

「二人は真剣だと思うのね」

「絶対にそうだ」ジェッシイが言った。「さらに悪いことに、おそらくかなり腕が立つ」

「あなただって、腕が立つわ」サニーが言った。

ジェッシイが肩をすくめた。

「あの二人の女を完全に見誤っていた。きれいで、落ち着いていて、夫に完璧に尽くしていると。何と、俺は半分恋してしまっていたよ」

「物事は必ずしも見かけと同じではないわ」

「すごい。ディックスに似てきた」

「精神科医のようだということね？」

「そうだ」

「なぜあんなに惹かれたのか、ディックスと話をしたの？」

「ああ、したよ」

「きかせてくれる？」

ジェッシイがうなずいた。

「いいよ。でも少し時間が必要だ」

「あとで？」

「殺人事件を解決したときに」

「楽しみにしているわ」

彼はビールを飲み終わって、ボトルを置いた。二人はしばらく座ったまま沈黙に耳を傾けた。

「質問があるんだが」ジェッシイが言った。

「どうぞ」

サニーは、空になったワイングラスを、彼の空になったビール瓶の横に置いた。

「君が心理的な行き詰まりを打開できたことだが」ジェッシイが言った。「俺たちの関係に影響を与えると思うかい？」

「あら、ジェッシイ」サニーが言った。「あなたが気にしているとは知らなかったわ」

「気にしているよ」

「冗談よ。あなたが気にしていることは知ってるわ」

「それで？　影響は？」

「もちろん、いい影響を与えるだろうと思っているわ」サニーが言った。「でも、タンゴを踊るにはいつもふたり必要なのよ」

「知ってるさ」

「どんな影響があるか、あなたはどう思っているの？」

「まだ、わからない」ジェッシイが言った。「だが、希望を持っている。もし、それで君がリッチーをふっきれることになるんなら……」

「なるわ」サニーが言った。「あなたはどうなの？　本当にジェンをふっきることができたの？」

「そう思うけど、君は思わない？」

「私もそう思うわ。でも、まだディックスがあなたとバンバン・ツインズのことをどう考えているか知りたいわ」

「それは自分の頭で整理する必要がある。とりあえず、〝性交〟は許してもらえるのかな？」

「ええ、いいわよ」サニーが言った。

「ああ、良かった」ジェッシイが言った。

サニーが立ち上がって、彼に微笑みかけた。

「愛の話はたっぷりしたわ」サニーが言った。「さ、服を脱ぎましょ」

53

ボストンに戻る車の中で、サニーはジェッシイと自分のことを考えていた。確かに彼は好ましい男だ。おそらく好ましい以上の存在だ。おかしくて、やさしくて、警察官として非常に優れている。人目のない車の中で、彼女は、彼の瑕疵がおそらく彼の資産になっていることを認めた。彼には飲酒問題がある。ロサンゼルスでは首になった。結婚も失敗している。しかし、彼女は、彼が酒はコントロールできるとほぼ確信している。この目で見た。あとのことは、もはや、過ぎてしまったことで、それによって自分が危険に晒されるとか——彼女は自分の言葉に微笑んだ——打ち負かされそうだとはあまり感じなかった……彼が彼女をコントロールするのではなく……飲酒をコントロールできれば……彼は彼女をコントロールしたいのだろうか？　必ずしもそうではないだろう……それよりも彼女に確かな方向性があること……あるいは、あるように見えることのほうを望んでいる……そういうことではないだろうか……とにかく、新たに得た洞察力で、おそらくコントロールであれ、何であれ、それを防ぐことはできるだろう。

彼女がジェネラル・エドワーズ・ブリッジを渡り、ワンダーランドに近づいたとき、携帯電話が鳴った。

「サニーか、スパイクだ。今すぐ〈グレイ・ガル〉に来てほしい」

「どうしたの？」

「シェリルが来ているんだ。〈ボンド・オブ・リニューアル〉でちょっとおかしなことがある」

「今リヴィアにいるんだけど」

「引き返せ」

「シェリルは大丈夫？」

「俺と一緒だ。落ち着いてきた」

「で、何なの？」

「セックス、だと思う。彼女の話は、ちょっと支離滅裂なんだ」

「わかった。すぐ行くわ」

　サニーはベル・サークルに着いていた。そこから引き返した。


〈グレイ・ガル〉は昼にならなければ開かない。サニーが入って行くと、スパイクとシェリルだけがカウンターに座っていた。スクランブル・エッグとトーストの皿がシェリルのそばのカウンターに載っているが、少しも手をつけていないようだった。コーヒーのマグカップがあって、彼女が飲んだ。スパイクもコーヒーを飲んでいた。サニーを見ると、スパイクがコーヒーを指差して眉毛を上げた。サニーは首を振って、シェリルの反対側のスツールに腰をかけた。

「何があったの？」サニーがきいた。

　シェリルが泣き出した。

「きき方がよくなかったかしら」サニーが言った。

シェリルは首を振り、泣き続けた。

「私、これからどうなるの」彼女が言った。「どこへ行ったらいいの?」

「どこにも行く必要はない」スパイクが言った。「ここにいたらいいさ」

「私……」シェリルは言いよどんで前よりもさらに激しく泣いた。それから少し落ち着くと、続けた。

「家には帰れない。リニューアル・ハウスにもいられない」

「どうして?」サニーが言った。

「あの人たち、私におじさんたちとファックさせたがっているの」

「一度に全員と?」

「ううん」

「ファックさせたがっていると言ったけど、どのくらい執拗だったの?」

「しなければならないって」

「あの人たちって誰?」

「パトリアークとシニアたち」

「シニアって?」

「規律委員会みたいなものかしら?」シェリルが言った。「〈リニューアル〉の最年長者たち」

「それで、なぜおじさんたちとファックさせたがっているの?」サニーが言った。

「報酬みたいなものなの」シェリルが言った。「大きなパーティを開くとき、おじさんが〈リニューアル〉にお金をあげるから、〈リニューアル〉はその人たちに女の子をあげるの」

「ひどい寄付金集めだわ」サニーが言った。

スパイクがうなずいた。

「あなたを連れ戻したとき、このことを知っていたの？」サニーがきいた。

「ときどきパーティがあって、何人か女の子が男の人と出て行くのは知っていた」シェリルが言った。

「でも、行きたいからだと思っていたの」

「でも、強制されていたってこと？」

「あの人たち、もしやらなければ、私を追い出すって言ったわ」

「他の女の子たちも同じ状況なの？」

「ええ」

「おそらく、他の選択肢がない娘を利用したんだ」スパイクが言った。

サニーがうなずいた。

「それで、あなた、やったの？」

「やったわ。私、処女ってわけじゃないし。でも、初めて会ったでぶのおじさんよ？」

「その男とリニューアル・ハウスでセックスしたのね？」

シェリルがうなずいた。

「それで、終わったとたんに、服を着て、ハウスから逃げ出して、ここに走って来たの」

「それでよかったのよ」サニーが言った。

「でも、私どこにいけばいいの？」シェリルが言った。

「ここだ」スパイクが言った。「解決策を見つけるまで、ここに俺と一緒にいればいい」

「あんたと？」

「性的虐待なんかしないよ。俺は正真正銘のゲイだからな」

「そうよね」シェリルが言った。

「何か解決策を見つけないと」サニーが言った。「私にもう少し考えさせてね」

「あの人たちに私がどこにいるか言わないでしょうね」

「言わないわ。たとえ言ったとしても、スパイクはあなたが困るようなことを誰にもさせないわ」

「大勢来ても？」

「シニア委員会の全員が来ても大丈夫だ」スパイクが言った。

「あなたをラックリー・センターから連れ出したときの、スパイクの活躍を思い出さないの」サニーが言った。

シェリルがスパイクを見た。

「三人か四人やっつけたと思うわ。思い出すのがちょっと大変なの」

「三人だ」スパイクが言った。「簡単なものさ」

サニーが立ち上がった。

「何をするつもりなの？」シェリルがきいた。

「まだはっきりしないけど」サニーが言った。「地元の署長に相談するかもしれないわ」

「昨日の夜、相談したんじゃないのか？」スパイクが言った。

「したわ」

「今朝まで電話しなくて正解だったみたいだな」

「まあね」サニーが言った。「携帯電話は切っていたと思う」

「あんたらしくないね」スパイクが言った。

「ずけずけ言わないで」

サニーがシェリルを見た。

「大丈夫？　お風呂とか、医者とか、何か必要なものは？」

「シャワーを浴びたわ」シェリルが言った。「スパイクが、着ていたものを洗濯機と乾燥機にかけてくれた。でも、他のものは何もないの」

「わかった」サニーが言った。「あなたのものを取ってくるわ」

「渡してくれなかったら？」シェリルが言った。

サニーが微笑した。

「大丈夫、取ってくるわ」彼女が言った。

54

モリイは、ナタリア・オグノフスキーをジェッシイのオフィスに連れて来ると、椅子を支えて彼女を座らせた。ナタリアがドアを入るとすぐに、香水の匂いがした。たっぷりつけているな、とジェッシイは思った。彼女は、かかとの高いピンクのウエッジシューズをはいている。両足を床にぴたっと置き、両膝をしとやかそうにくっつけて座った。腿に届くか届かないかのスカートに、ウエストラインをたっぷり見せる非常にタイトで短いピンクのTシャツを着ている。彼女のウエストは、ジェッシイの目には少しソフトに見えた。もっとも、最近ずっとウエストラインの引き締まったサニー・ランドルばかり見ているせいかもしれない。ナタリアは、Tシャツとマッチしている大きな麦わらのバッグを持っていた。おずおずとジェッシイを見上げた。

「ストーン署長?」彼女が言った。

「ジェッシイだ。ナタリアだね」

彼女がうなずいた。

「ナタリア・オグノフスキーです」

「またお会いできて嬉しいですな、ナタリア」

「ありがとうございます」彼女が言った。「お話があるんです」

「それはいい」

「アドバイスがほしいんです」

「いつもはそんなことしないでしょう」ジェッシイが言った。

「えっ、何ておっしゃったんですか？」

「喜んでアドバイスをさしあげますよ」

「私、ミスター・ノーミー・サレルノとデートをしているんです」彼女が言った。

ジェッシイは椅子に寄りかかり、腹の上で両手を組んだ。

「筋肉隆々の男？　レジー・ガレンのところで働いている？」

「ええ」

「本当に？」ジェッシイが言った。

「ええ」ナタリアが言った。「私、夫を殺した男を探っているんです」

「あなたが？」

「ええ」

「やつは、あなたが誰か知っているのか？」

「いいえ。私を〈グレイ・ガル〉のカウンターでひっかけた女くらいにしか思っていません」

「なぜ彼女なんだね？」ジェッシイがきいた。

「ナンパできたのが彼だったんです」ナタリアが言った。

ジェッシイは、しばらく彼女を見ていた。

「驚いたな。彼が好きなんですか？」

「とんでもない」ナタリアが言った。「あの人は豚よ」

「私も初めて会ったとき、どうも好きになれなかった」

「でも、あいつとデートして、セックスをしてます。それから、ウオッカを飲ませると、あいつは自分のことを話します。でも、私が知りたいことは話さない。だから、もっとセックスをして、もっとウオッカを飲ませます。私もウオッカを飲みます」

「あなたを責められない」ジェッシイが言った。

「そんなに大変ではないんです。ただあいつとセックスをして、好きな振りをしていればいいんだから。そうすれば、あいつのことをきくことができるし、あいつからも話します。とっても退屈な男だけど、セックスをしつづけているよりはまし」

ジェッシイは黙っていた。彼女には彼女の喋り方がある。急がせることはない。何かあれば、やがて出てくるだろう。

「いつも私のアパートに行くんです。私が、そこでないと落ち着かないと言うものだから。どうせ彼は、どこだろうと気にしないし。私はセックスがとても上手なんですよ」

ジェッシイは微笑し、うなずいた。

「それから、喋ってることを何でもききとるテープレコーダーを持ってます」

彼女は、バッグから小さなテープレコーダーを取り出して、ジェッシイの机の端の自分の前に置いた。ジェッシイが眉毛を上げげた。

「ちょっとかけてもいいですか？」彼女が言った。

「いいですよ」

「重要だと思うところだけをかけます。ほとんどは、私たちがセックスをしているときか、ノーミーがいやらしい話をしているときのものだから。それから、私を好きにならせるために、私がいやらしいことを言っているところもあります。恥ずかしいので、その部分はかけたくありません」

「ええ」ジェッシイが言った。

「コンセントにつないでもらえますか」ナタリアが言った。「バッテリーがまだあるかわからないから」

ジェッシイはプラグを差し込んだ。ナタリアは立って、しばらくレコーダーの上から覗き込むようにしていた。それから再生ボタンを押し、椅子に座った。

『私たち、こういうことをずっとしているのに』ナタリアが言っている。『あなたの名前を全部知らないわ』

『ノーマン・アンソニー・サレルノだよ』彼が言った。

ジェッシイはナタリアをじっと見ていた。彼女は初めて耳にしているかのようにきいている。

テープのナタリアがくすくす笑った。

『どうしてあんたの筋肉こんなにすごいの、ノーマン・アンソニー・サレルノ？』

氷がグラスにぶつかるカチッという微かな音がした。

『ウエイトリフティングをたっぷりやるからさ。俺がしているような仕事に役立つんだ』

『どんな仕事をしているの？』

『お前をファックするのさ』彼が言って笑った。

再びカチッという氷の音。

テープが回っている間、ナタリアの表情は変わらなかった。ときどき、ジェッシイの承認を求めているかのように、彼の顔を見た。

『それなら、そんなにすごい筋肉は必要ないわ』ナタリアが言った。『どうやってお金を稼いでいるの？』

『まったく、女はみんな同じだな。〝どうやってお金を稼いでいるの？〟。俺はカネならたっぷり持っている。心配するな』

『じゃ、どこでお金をたっぷり手に入れるの？』

氷がカチッといった。

『大金持ちの警備主任をやってんだ』

『危険なの？』

『そういうこともある』

『銃は持っているの？』

『もちろん。俺ぐらいの大男なら、普通、銃は必要ないんだ。だが、たまに必要なときもある、わかるだろ？　仕事を片付ける都合でな』

『〝仕事を片付ける〟ってどういうこと？』

ノーミーが笑った。

『なんだ、お前は何にも知らないんだな』

『そうなの』

『誰かが問題を起こすだろ。それで、そいつをばらさなければならないとするな……すると俺が仕事を片付けるっていう寸法さ』

『〝ばらす〟って？』

『まったく。殺すことさ』ノーミーが言った。『殺すはわかるな？』

『あんた、人を殺すの？』

『二、三人は殺した』ノーミーが言った。『酒をくれ』

ベッドのスプリングの音と、ボトルとグラスと氷の微かな音がする。そして、再びベッドのスプリングの音。

『ほんとうに殺したの？』ナタリアが言った。

『そうさ』

『そんなこと信じないわ』ナタリアが言った。『あんたがタフガイなのは信じるけど、誰かを殺したなんて信じない』

『信じないのか？』

『信じないわ』

『俺は誰かを、誰かを二人も、この町で殺したんだぜ』

『パラダイスで？』

『その通りさ』ノーミーが言った。『たぶん、新聞で読んだと思うぜ』

『パラダイス・ネックの二人の男のこと？』

『ビンゴ』

『そんなこと信じないわ』

『オグノフスキーと』ノーミーが言った。『モイニハンだ』

『ほんとうにやったの？』

『そうさ。だが、お前が誰かに喋ったら、俺は否定するぜ』

氷とグラスの音と、酒を飲みこむ微かな音が聞こえた。

『そして、お前を殺す』
『喋らないわ』
『当然だよな』
再び、飲んでいる音。
それから、彼が言った。『ここの仕事に戻ろうぜ』
彼女がクスクスと笑った。
『俺が何度もできるから、嬉しいか』
『もちろんよ』
『気持ちいいだろう？』
『とってもいいわ』

55

ナタリアは身体を乗り出してテープを止めた。

「恥ずかしいわ」彼女が言った。

「全部聞く必要があるな」ジェッシイが言った。

彼女がうなずいた。

「私が帰ったあとにしてください。聞いていると恥ずかしいから」

「そうしよう」ジェッシイが言った。

「あいつは捕まりますか？」ナタリアが言った。

「あなたが捕まえたんだ」ジェッシイが言った。

「よかった。それなら、もう二度と会う必要がないわ」

「たぶん、証言をしてもらわなければならないだろう」

彼女がうなずいた。

「あいつはペトロフ・オグノフスキーを殺した」彼女が言った。「私の夫で、ニコラス・オグノフスキーの息子」

ジェッシイがうなずいた。

「あいつは裁判にかけさせないわ」彼女が言った。

「あなたたちのどちらかがやつを殺すつもりか？」

「ええ」

「なぜこれを私のところに持って来たのかね？」ジェッシイがきいた。

「何らかの理由で殺せなかった場合に、あなたに事情を知っていてもらいたいから。義父は、あなたが腕のたつ警官だと言っていた。あいつを捕まえる方法を見つけてくださいますね」

「もしやつが殺されたら、あなたたちを探しに行かなければならなくなる」

「もちろん」ナタリアが言った。「でも、見つからないわ」

「ただ問題なのは」ジェッシイが言った。「ノーミーが雑魚ってことだ。レジー・ガレンに命令されなければ、どっちの男も殺す理由はなかった。実際、命令されなければ、やろうとも思わなかっただろう」

「ノーミーは嘘をついていると思うんですか？」

「かもしれない」

「私を感心させるために？」

「おそらく」

「じゃ、誰がやったのか見つけたのに、間違っていたかもしれないってこと？」彼女が言った。

「普通、レジー・ガレンのその手の仕事は、ボブ・デイヴィスという男がやるはずだ」

「じゃ、私は失敗したんでしょうか？」

「いや」ジェッシイが言った。「あなたは素晴らしい仕事をした。そのテープのお陰でノーミーに充分な圧力をかけ寝返らせることができる」

「寝返らせる？」

「我々に有利な証言をさせることだ。やっと取引をする」

「あいつは何の罰も受けないんですか？」ナタリアが言った。

「いや、刑に服することになるだろう」ジェッシイが言った。

「それじゃあ、充分じゃないわ」ナタリアが言った。

「やつを寝返らせる。そうすれば、おそらく、事件に関わっているやつを全部挙げることができる。やつは口が軽い。捕まえてしまえば、俺に何もかもしゃべってしまうだろう」

「私の義父だって、できます」ナタリアが言った。

「もちろん、できると思う」ジェッシイが言った。「しかし、誰かの足が首に載っかっているとき、本当のことをしゃべっているか、どうしてわかる？」

「あなたはどうやって？」

「証拠を集めるんだ」

ナタリアは椅子に寄りかかり、脚を組み、顔の前で指の先を合わせて叩いた。

「そのボブ・デイヴィスって、どんな男なんですか？」

「私の知る限り、レジー・ガレンのボディガードだ。彼はノーミーではない」

「違うの？」

「違う」ジェッシイが言った。「私は、彼が本命だとほぼ確信している」

「そいつが私の夫を殺したというの？」

「それはわからないが、探り出しますよ。そうでなければ、あなたは間違った男を殺すことになるかもしれない」

「義父は間違った男を殺しても気にしません」

「だが、あなたたち二人は本物を殺したいと思っている」

「ええ」

「もしノーミーを殺せば、誰が本当の殺し屋かを確かめるたった一つのチャンスを潰してしまうかもしれない」

「本当の殺し屋はノーミーだとは思わないんですね?」

「やつかもしれない。やつでないかもしれない。要は、たとえやつが本当の殺し屋だとしても、やつだけではないってことだ。何者かが、やらせたんだ」

ナタリアがうなずいた。

「誰が?」ジェッシイが言った。「なぜ?」

彼女が再びうなずいた。

「義父と相談します」彼女はそう言って、立ち上がった。

ジェッシイは小さなレコーダーのプラグを抜き、テープを取り出して、レコーダーをナタリアに返した。

「テープは必要だから」

彼女がうなずいて言った。

「それはコピーです」

「帰る前にもう一つ」ジェッシイが言った。

ナタリアが戸口で立ち止まった。

「あんたのしたことは、非常に勇敢で賢い」ジェッシイが言った。

「夫を愛していました」彼女が言った。

ジェッシイがうなずいた。

「誰かが夫を殺したんです」彼女が言った。

ジェッシイが再びうなずいた。

「仕返しがあって当然です」

「そうだ」ジェッシイが言った。「だから、仕返しはする。ただ、完璧な仕返しにするための時間をください」

「義父と相談します」彼女が言った。

56

サニーは、ジェッシイとデイジーの店でランチを食べていた。

「彼女は、初め、ここを〈デイジー・ダイクス〉という名前にしたかったんでしょ？」サニーが言った。

「ああ」ジェッシイが言った。「だが、町がおかしくなった。市民の自由を標榜するグループが、レスビアンの品位をおとしめるものだと主張して、この場所でデモをし始めたんだ」

「でも、デイジーはレスビアン《ダイク》でしょう？」

「ああ。デモ隊のほうにはレスビアンはいなかった」

「あなたは、いつもここをデイジー・ダイクスと呼んでいるでしょ。気づいていたわ」

「そうなんだ」

「あなたはただ抵抗しているの？」

「たぶん。でも、彼女は自分をデイジー・ダイクと呼んでいるんだ。俺は、彼女の願いを尊重しているんじゃないかな」

ウエイトレスがメニューを持って来た。

「本日のスペシャルはストロベリー・パイです。パンはアナダマパン。メニューに載っていませんが、ロブスターとトマトとレタスのサンドイッチがございます。それから、アイスティーはマンゴです。お決まりの頃参りましょうか？」

「いえ」サニーが言った。「今、注文できるわ」

二人は注文した。

「私がおごるわ」サニーが言った。

「悪いね」

「あることを話したいの。ちょっとオフレコで」サニーが言った。

「オフレコ？」ジェッシイが言った。

「気にしないで」サニーが言った。「私が本当にほしいのは、たぶん、アドバイスなの」

「君もか？」ジェッシイが言った。

「〝君も〟とは、どういうこと？」

「あとで話そう。君の話は？」

「〈ボンド・オブ・リニューアル〉で何かおかしなことをやっているらしいの」

「何を？」

サニーが説明した。話しているあいだ、ウエイトレスが来て、大きな丸いピッチャーからアイスティーを注いだ。ジェッシイはききながら飲んだ。

「あの子はスパイクのところにいるんだな」

「ええ」

「そこなら安全だ」

「誰かが、象撃ち銃を持ってない限り」

「象撃ち銃を手に入れるのは可能だ」

「でもリニューアル・ハウスではあり得ないわ」

「とにかく、彼女の面倒をみていて助けが必要になったときは、知らせてくれ」

「ありがとう」サニーが言った。「ところで、〈ボンド・オブ・リニューアル〉をどうしたものかしら？」


ウエイトレスがランチを運んで来た。ジェッシイはロブスター・サンドイッチ、サニーはサラダだった。ジェッシイのアイスティーがなくなっていた。ウエイトレスがグラスにお代わりを注いだ。


「どうも俺には、犯罪業を営んでいるように思える」ジェッシイが言った。

「売春？」

「そうだ。セックスの強要、おそらくレイプや誘拐」ジェッシイが言った。「彼らにはまずいことになるな」

「もし彼女が証言すればね」サニーが言った。

「証言は、彼女には大変なことだろうか？」

「ええ、そう思うわ」

「おそらく、代わりに証言してくれるような人を見つけることはできるだろう」ジェッシイが言った。

「どうするつもりだ？」

「二つやり方があるわ」サニーが言った。「一つは、私がスパイクと一緒にそこに行って、彼らに警告する」

「凶悪な攻撃になるかもしれないな」ジェッシイが言った。

「そう。その危険性がある」サニーが言った。「もう一つの方法は、私が話しに行って、パラダイス警察に逐次報告し、様子を見る」

「できる限りその娘を守るという観点から」

「シェリルよ」サニーが言った。「そうなの。あなたはそれでいい？」

「パラダイス警察署は目下、手一杯な状態だ。援助に感謝するよ。モリイに話をして、君との、そうだね、連絡窓口になってもらおう」

ウエイトレスがランチの皿を片付け、ジェッシイにまたアイスティーを注いでから、きいた。「デザートはいかがですか？」

「俺にはストロベリー・パイ」

「わかりました、ジェッシイ」ウエイトレスが言った。「こちらさまは？」

「いらないわ、ありがとう」

「フォークを二つお持ちしますか？」

「いや、結構」ジェッシイが言った。

57

ランチがすむと、二人は歩いて署に戻って行った。そこにサニーの車がとめてある。晩夏だった。いつもの八月より涼しい。空は、澄み渡り、爽やかで、空気は柔らかだった。古い町の家々は互いに、そして通りに接するように建てられている。大勢の人が歩いていた。

「他に誰かがアドバイスを求めていた話を、きいていなかったわ」

ジェッシイが話した。話し終わる頃には署に着いて、駐車場のサニーの車に寄りかかっていた。

「ワオ」サニーが言った。「すごい女性ね」

「ノーミーを知っていたら」ジェッシイが言った。「彼女の勇気にもっと感心するだろう」

「テープはきいたの？」

「彼女が置いていったもの一本と、送ってきたもの五本」

「どうだった？」

「ひどい」ジェッシイが言った。「自分がどんなに精力絶倫か、ノーミーがべらべらしゃべってる。セックス中の二人の音響効果がたっぷり」

「うっ」サニーが言った。

「それがどんなものだったのか、彼女の気持ちを考えるとな」ジェッシイが言った。「でも、彼女はおくびにも出さない」

「その人、彼を殺すと思う?」サニーが言った。

「かもしれない」ジェッシイが言った。「オグノフスキーの父親が殺すかもしれない。レイ・マリガンも、もし知ったなら、やるかもしれない」

「本当に手一杯ね」サニーが言った。

「そうなんだ」

「計画はあるの?」

「地方検事に話をする」ジェッシイが言った。「だが、ノーミーを逮捕する充分な証拠を持っていると言うつもりだ。たとえ持っていなくても、やつをしょっぴいてテープを聞かせてやる」

「そして、運が良ければ、ノーミーはテープを聴いて恥ずかしさのあまり死んでしまうわ」

「それから、もちろん、まだバンバン・ツインズがいる」

「ノーミーはボディビルをやっているの?」

「トップレベルだ」

「私の双子の知識は又聞きだけど、二人が健康な若い筋肉マンとあのゲームをしていた可能性は大いにありそうよ」

「あるいは、ペトロフ・オグノフスキーのような、がっしりした悪党」

「あなたにもしかけたのよね」

「それは当然だろう」

「まあ」サニーが言った。「そうね。他に何かすることはあるの?」

「ボブ・デイヴィスを見つけられるか、やってみるつもりだ」ジェッシイが言った。

「お願いがあるんだけど」サニーが言った。「ジャロッド・ラッセルを調べてくれる？」

「いいよ」ジェッシイが言った。「そいつは誰だ？」

「〈ボンド・オブ・リニューアル〉のパトリアーク」

「ジャロッド・ラッセルだな」

サニーはうなずき、身を乗り出して、ジェッシイの口にキスをした。ジェッシイもキスを返した。

二人は抱き合った。それから、抱き合ったまま身体を反らした。

「頑張ってね」サニーが言った。

ジェッシイは彼女の背中を軽く叩いた。

「お互いにな」

58

すばやく動く必要がある場合を考え、ピンクと白のスニーカーをはき、スニーカーに合わせて白のショートパンツとピンクのタンクトップを着て、サニーは〈ボンド・オブ・リニューアル〉を訪ねて行った。口紅と財布と銃身の短いリボルバーが入った白いショルダーバッグをかかえている。

パトリアークが、港の見える〈リニューアル〉のオフィスで彼女を迎えた。以前会ったときと同じような白いリネンの服を着ている。パトリアークの制服なのだろう。彼は身振りで椅子に座るよう彼女に促した。彼女は首を振った。

「シェリル・デマルコの身の回りの品をいただきに来ました」彼女が言った。

パトリアークが目をぱちくりさせた。

「シェリル?」彼が言った。

「シェリル・デマルコです」

「シェリルは出て行きました」パトリアークが言った。

「ええ、そうです」サニーが言った。「それで、彼女の持ち物を取って来るように頼まれました」

パトリアークは椅子に寄りかかった。人間工学的なデザインのいい椅子だ。

「申し訳ありませんが、ミズ・ランドル」彼が言った。「シェリル・デマルコの持ち物はシェリル・デマルコのものです。私が与え、あなたが受け取るというものではありません」

「すごい」サニーが言った。

「はっ？」

「ご立派ね」

「おっしゃることがわかりませんが」

「本当に親切そうに聞こえますわ。信者の個人の権利について心配なさるなんて」

「そうですよ」

「でも、実は、お金のために若い娘さんたちに売春をさせているんでしょう」

サニーは、パトリアークの顔からピンク色が消えて行き、髪の毛と顔が同じ色になっていくのをじっと見ていた。男前が上がるわけではなかった。

「何を……」彼は息をつこうとしているように見えた。「何を……言って……いるんですか？」

「あなたは、ぽん引きだと言ってるんです」サニーが言った。「それから、一分以内にシェリルのものを持って来てください。そうしなければ、警察に連絡します」

「だめだ。だめだ、待ってくれ」

彼の声がかすれてきた。サニーは腕を突き出し、腕時計を見た。

「止めろ。すぐに持ってくる。ちょっと待ってくれ。今、誰かに持って来させる」

サニーはうなずき、腕時計を見続けた。パトリアークが受話器を取り上げ、ボタンを押した。

「ダーリーン、緊急事態だ。女の子を二、三人シェリル・デマルコの部屋にやって、何もかも詰め込んで私のオフィスに持って来させなさい」

彼は言葉を切って、相手の言うことをきいている。

「必要なものは何でも使いなさい。スーツケース、ビニールバッグ、何でもいい。ただ、急いでくれ」

彼は電話を切った。

「すぐここに届きます」

サニーは腕時計を見るのを止め、部屋に入ってきたときと同じところに、机に対してある角度を持って立った。パトリアークだけでなくオフィスのドアも見えるからだ。

「しかし、我々は話し合う必要がある」彼が言った。「何か取り決めをしなければ。だいたい、そんなことは起こらなかった。それどころか、断固としてすべてを否定します」

「断固として、ですか」サニーが言った。

彼は、耳に何か入ったかのように頭を振った。

「いったい誰がそんなひどいことを言ったのですか？」

サニーが悲しそうに首を振った。

「ジャロッド」彼女が言った。「ジャロッド。あなたたち愚か者は誰一人学ぶことを知らないんですか？　覚えておいてください、あなた方をトラブルに巻き込むのは、犯罪というより、その隠蔽なんです」

「私をジャロッドと呼びましたね」彼が言った。

「そのほうがあなたのことを知っているように感じるからです」

「パトリアークと呼んでいただきたい」

「率直に言って、ジャロッド、私にはそんなことはどうでもいいんです」

パトリアークが目をぱちくりさせた。

「どうするつもりですか？」彼がきいた。

「あなたの子分がシェリルの荷物を持って来たら、それを持って帰ります」

目をぱちくり。

「あなたは……何をあなたは……あなたはトラブルを引き起こすつもりですか？」

「あら、当然だわ」

ぱちくりが二度。

「もちろん、何か解決策を見つけられますよね」彼が言った。

ドアが開いた。ジーンズにTシャツの背の低い女が黒いビニールのゴミ袋を持って入ってきた。パトリアークを見た。彼がうなずくと、女はゴミ袋を机の前におき、後ずさって出て行った。

「主だった寄付者のリストを見せてもらえると、ありがたいのですが」サニーが言った。

「何ですって」彼が言った。「できません。部外秘情報ですから」

「部外秘」サニーは言って首を振った。「年次報告書でわかるはずね。コピーをいただけます？」

「我々は、そのう、年次報告書を作りません」

「たしか、作らなければならないと思いますよ。国税庁《IRS》にきいてみます」

「IRS？」

「確定申告はしてます？」

「我々は、小さな、民間の宗教組織にすぎません」

サニーはゴミ袋を持ち上げた。軽かった。シェリルはたいした荷物を持っていなかったのだ。

「それと売春宿」そう言うと、サニーはゴミ袋を持ってオフィスから出て行った。

59

今回は、ジェッシイをレジーに取り次いだのはノーミーだった。何も言わなかったが、ノーミーの言いたいことはオーラのように感じられた。

レジーは、裏庭の日よけテントの下に、アイスコーヒーのグラスを手に座っていた。一緒に、同じように黄色のサンドレスを着たバンバン・ツインズがいる。

「アイスコーヒーをお持ちしましょうか、ストーン署長?」双子の一人が言った。

「ええ、お願いします」

彼女が取りに行き、ジェッシイは残った双子の一人を見た。

「ロビーですか?」

彼女が笑った。

「五十パーセントの確率だったのよ。実は、私はレベッカ」

「ミセス・ガレン」

「今度は当たった」レジーが言った。「と思う」

みんなが笑った。ロビーがアイスコーヒーを持って戻って来た。ジェッシイは砂糖とミルクを加えた。

「なぜ私がここに立ち寄ったかといいますと」ジェッシイが言った。「ボブ・デイヴィスのことを伺いたかったんです」

「ボビーか」とレジー。

ジェッシイがうなずいた。

「まったく、寂しくなったよ」レジーが言った。

「彼はどこに？」ジェッシイが言った。

「知らないな」

「なぜ、ここにいないんです？」

「あいつは辞めた」レジーが言った。「ちょっとゆっくりしたいと言ってね。競馬に行ったり、ゴルフをしたり、海を見たりするんだろ」

「ゴルフ」ジェッシイが言った。

「やつはそう言ってた」

「彼の代わりはいるんですか？」

「ノーミー・サレルノだ。今のところは」

「ボブ・デイヴィスにはなれないように見えますがね」ジェッシイが言った。

「ああ」レジーが言った。「なれないだろう。しかし、他に誰かを見つけるまでの間だ」

「ボブがどこにいるか知っていますか？」

「いや、知らない」

「郵便物の転送先は？」

「知らない。完璧な休暇がほしいと言って、握手をして」――レジーが肩をすくめた――「行ってしまった」

「私たちはみんな、寂しい思いをしているわ」双子の一人が言った。

「彼は優しかった」もう一人の双子が言った。

「ノッコの子分がいなくなった」ジェッシイが言った。「今度は、おたくです」

「そうね」

「それから、ノッコも逝ってしまった」ジェッシイが言った。

レジーが黙って長い間ジェッシイを見ていた。

ついに言った。「どういう意味だ?」

ジェッシイは、片手を軽く動かした。

「ただ事実を見直しているだけですよ」

レジーがうなずいた。

「さて、他に何もなければ……」

「ありません」ジェッシイが言った。「他に何もありません。玄関はわかります」

三人は、ジェッシイが出て行くのをじっと見ていた。ジェッシイは家の角に着くと、振り返った。

「気をつけたほうがいいですな、レジー」彼が言った。

誰も何も言わなかった。

60

ジェッシイは、〈ボンド・オブ・リニューアル〉の八人の女性をリニューアル・ハウスのリビングに集めた。彼と一緒にサニーがいた。それから、スーツとモリイとパトリアーク。

「わかりません」パトリアークが言った。「あなたがたは、なぜこんなことをしているのですか？」

「通報のあった犯罪を捜査しているんです」ジェッシイが言った。

「弁護士が必要ですか？」

「あなたのほうが私よりよく知ってるでしょう」ジェッシイが言った。

「弁護士は一人も知りません」パトリアークが言った。

「逮捕されたら、弁護士はつけてもらえますよ」

「逮捕？」

パトリアークは震え上がった。

「ここにいるご婦人方と話をする必要があります」ジェッシイが言った。「あなたは、シンプソン巡査と一緒に外でお待ちください」

パトリアークは躊躇した。スーツが彼の腕を取り、二人は出て行った。モリイがドアを閉め、その脇の壁に寄りかかった。

「私は、ジェッシイ・ストーン」ジェッシイが女性たちに言った。「パラダイスの警察署長です。ドアの側の警察官はモリイ・クレイン。もう一人の女性はボストンの私立探偵で、名前はサニー・ランドル。現在一緒に仕事をしています」

八人の女性は、ジェッシイが紹介する人物を忠実に一人一人見ていった。

「ご存知と思いますが」ジェッシイが言った。「〈リニューアル〉のメンバーの一人、シェリル・デマルコが、最近ここで行なわれた資金集めのパーティで、寄付者とのセックスを強要されたと我々に通報してきました」

誰も何も言わなかった。

「我々は、不正行為をしたと、あなたたちを責めているわけではありません。あなたたちを逮捕したり不愉快な思いをさせたりするつもりはありません。ただここで起きたことを確認したいのです」

すべての女性が真面目な顔で彼を見ている。その中の一人、長い黒髪を一本のおさげに結った非常に若く見える女が手を挙げた。

ジェッシイが彼女を見てうなずいた。

「今シェリルはどこにいるんですか？」

「あなたの名前は？」

「ビリーです」

「彼女は元気だよ、ビリー」ジェッシイが言った。「友だちのところにいる」

ビリーがうなずいた。他には誰もしゃべらなかった。

「私が知りたいことは、彼女が真実を語っているのか、あなたがたは寄付者や他の誰かとセックスをするように要求されたことがあるのかです」

　誰も何も言わず、動きもしなかった。

「同意によるセックスは、このさい関係ありません。私が興味を持っているのは、強く勧められなければ、しなかったと思われるセックスです」

　何の反応もなし。

「それから、セックスの定義は限定しません。あらゆる性行動をさします」

　ジェッシイには、ビリーが少し落ち着きを失ったように思えた。それから、三十歳ぐらいの、ガーゼの白いワンピースを着た、ちょっと年上の女が床に目を落とした。

「わかりました」ジェッシイが言った。「ちょっと恥ずかしいことですね。私が部屋から出て行ったほうが話しやすいでしょう」

　ジェッシイがサニーを見ると、うなずいたので、リビングから出てドアを閉めた。玄関ホールだ。ホールの端にパトリアークのオフィスがある。スーツがドアの側に立っていた。

　ジェッシイが近寄って行った。パトリアークは、机に座って両手を見ている。

「様子はどうだ?」ジェッシイがきいた。

「彼は数回、何が起こってるのか理解できないと言ってました」スーツが言った。

「それで、お前の答えは?」

「俺の人生も同じようにわけがわからないと言ってやりました」

「慰めになっただろう」

「今、何をしているんですか?」パトリアークが、依然として両手を凝視しながら言った。

「私のところのレディーたちが、おたくのレディーたちと話し合っています」ジェッシイが言った。

「女の子のおしゃべりだな」スーツが言った。

「女性のおしゃべりのほうが正しいと思う」ジェッシイが言った。

「そうですね」スーツが言った。

「なぜ女性たちは話し合いをしているんですか?」パトリアークがきいた。

「あんたが、他の誰に、カネ払いのいいスポンサー相手の売春をさせたか、はっきりさせようとしているんです。俺の前ではちょっと恥ずかしそうだったのでね」

「そんな話し方をしないでほしい」パトリアークが言った。

「もちろん、そうでしょうな」

「私は何もしていない」パトリアークが言った。「シンプルな精神的価値に奉仕する以外は」

「それは我々みんなにも言えることでしょう」ジェッシイが言った。「特に、カネを精神的価値と見るならば」

「私が集めるカネは、どんなカネも〈リニューアル〉のためなのです」

「どうやら目的対手段という議論が持ち上がろうとしているようですな」

「ジェッシイ」スーツが声をかけて、玄関ホールに向かって顎をしゃくった。

リビングのドアが開いていて、モリイが戸口に立っている。ジェッシイが彼女を見ると、後ろのリビングのほうに顎をしゃくった。それから、ドアを開けたまま、部屋に戻っていった。

「ミスター・パトリアークがここから出て行かないように、しっかり見張っていろ」ジェッシイがスーツに言った。「判決が出るかもしれない」

彼はドアを通ってリビングに入った。女たちは、さっきと同じように座っていた。誰もジェッシイを見ようとしなかった。モリイが彼にウインクした。ジェッシイはサニーを見た。

「誰かしゃべったかね?」彼が言った。
「ええ。みんな」サニーが言った。

61

ジェッシイは、劇的効果をねらってパトリアークを留置所に入れた。彼の前にテープレコーダーを置き、スイッチを入れた。サニーが寝台に座り、モリイが留置所のドアに寄りかかった。

「名前を言ってください」ジェッシイがパトリアークに言った。

「〈ボンド・オブ・リニューアル〉のパトリアークです」

「それは、あんたの職業だ。名前を教えてください」

「ジャロッド・ラッセル」

「よろしい。これからはあんたをジャロッド・ラッセルと呼ぶ」

「わかりました」

ジェッシイは訊問の日付と場所を言うと、テープレコーダーのスイッチを切った。

「我々はあんたを捕まえた」ジェッシイが言った。「それは承知しているね？」

ジャロッドがうなずいた。それから、両手に顔を埋めて泣き出した。

「あの女性たちはみんな、あなたに不利な証言をしますよ」ジェッシイが言った。「そうだろう、モル？」

「ええ、します」モリイが言った。

「あの女性たちはみんな、寄付者と強制的にセックスをさせられた」ジェッシイが言った。

「そうです」サニーが言った。

「我々には全員の証言がある」

「あります」とモリイ。

「あんたは刑務所に入ることになる」

ジャロッド・ラッセルは、両手に顔を押し付けてすすり泣いている。

しばらくしてジェッシイが言った。「何らかの取引が成立すれば別だが」

ラッセルが手を離して顔を上げた。救済？

「おっしゃることは何でもします」彼が言った。

ジェッシイは長い間沈黙していたが、その間ラッセルはじっと彼を見ていた。

やがて、ジェッシイが言った。「どうしてこんな厄介なことになったのかね？」

「私はこの小さなグループを設立しました」ラッセルが聞き取りにくい震え声で言った。「私には親から受け継いだ財産があり、良いことをしたいと思っていました。そして、しばらくはうまくいってました。でもしだいに……」

ジェッシイは待った。ラッセルは充分に空気を取り入れられないように見えた。二、三回大きく息を吸った。

「本当に幸せでした」

誰も何も言わなかった。

「でも、やがて、カネが尽きて、私は資金集めを始めました。最初は、女性たちにクッキーなどを作らせて……そのうち、ある男がセックスをすればカネをあげると一人の女性に申し出た……それで、その女性はセックスをして、そのカネを私にくれ……」

「どの子なの？」サニーがきいた。

ラッセルが首を振った。

「それ以来、彼女は戻ってきていません」

「行ってしまったけど、忘れられないわけね」サニーが言った。

ラッセルが頭を落としてうなずいた。話し始めたとき、声が震えていた。

「みんな善かれと思ってしたことです」

「そうでなかったときもあったでしょう」モリイが言った。

誰も何も言わなかった。ラッセルは泣き止んだ。しかし、まだ呼吸が震えていた。ジェッシイが立って、留置所のドアまで行き、しばらく廊下を覗いていた。それから、ラッセルのところに戻って行った。

「さて」ジェッシイが言った。「これが取引だ。あんたは、誰があんたのところの女性たちとセックスをしたか、話してくれる。そうすれば、私が地方検事のほうは何とかしてやろう。協力すれば、おそらく刑務所に入らなくてすむだろう」

「オフィスに帰らせてもらえれば」ラッセルが言った。「リストを渡せます」

62

モリイとスティーヴ・フリードマンが、リストを作らせる為にラッセルをオフィスに連れて行き、ジェッシイとサニーがジェッシイの署長室で座った。

「彼をうまく操ったわね」サニーが言った。

「わかってる」

「ちょっとかわいそうだったわ」

「俺もだ。しかし、あのときは、その気持ちを見せちゃいけなかった」

「そうね」サニーが言った。「あなたの仕事ぶりをみているのは楽しかったわ」

「ありがとう」

「一つだけ気になることがあるんだけど」

「それは？」

「彼に何の嫌疑をかけたのか、はっきり言わなかったでしょう」

ジェッシイがニヤッとして、唇に指を当てた。

「シーッ」

「本当は彼を逮捕していないんでしょう」

ジェッシイが首を振った。

「逮捕するつもり？」

「地方検事局と相談する」ジェッシイが言った。「だが、〈リニューアル〉では何かおかしなことが行われていた。その気になれば、きっと一つぐらい容疑を見つけられる」

「女性たちは誰一人として、男たちとセックスをしたくなかった」

「本当のことを話しているならね」

「本当のことを話していると思うわ。でも、セックスをした男たちは、それが不本意だったことを知っていたのかしら」

「セックスをカネと交換するという暗黙の合意があった」

「それは売春でしょう」

「無理強いがあった」

「それは勧められるようなことじゃないけど、必ずしも法律違反ではないわ」

「それに、ある段階では、かなりよくあることだ」

「まったく」サニーが言った。「ほとんどの女性はこんな経験をしているのよ……〝あんた、不感症か？〟……〝こんな気持ちにさせて、どうしてくれるんだ？〟。そして私の一番好きなのが、〝いいかい、俺がディナーをおごったんだ〟……ロブスター・ロールのお返しに、あなたとやることになるのね、というような」

「俺は君に対してそのどれも利用しなかったぞ」ジェッシイが言った。

「一度もそんな必要はなかったわ」

「俺の印象では、最近の女性はすすんでやるようだな」

「その通りだと思うわ」

「だが、カネと引き換えに寄付者とやる処女が、そんなにいたとは思わない」

「それもその通りだと思うわ」サニーが言った。「でも……」

ジェッシイがうなずいて言った。

「もし、したくないなら、する必要はないんだ」

「処女だろうと売春婦だろうと」

ジェッシイがうなずいた。

「ところで」彼が言った。「この間の晩、ディナーをおごらなかったかな？」

「まあ、いやな人」サニーが言った。「これからどうするの？」

「また、ディナーをおごろう。俺は簡単にあきらめないんだ」

「私が言いたかったのは、ラッセルや〈リニューアル〉のことよ」

「君とモリイでラッセルのリストに載っている人たちと話をしてくれないか。何かわかるかもしれない。モリイがいれば警察権を行使できる。これは俺ではなく、君の事件だ」

「モリイは頭が切れるわ」

「そうだ。俺の部下の中で最高の警官だよ」

サニーがニヤリとした。

「スーツに言っちゃだめよ」

「彼には将来性がある」

「ところで、シェリルのことは、どうしたらいいかしら」サニーが言った。「〈ボンド・オブ・リニューアル〉でのキャリアは終わってしまったし」

「十八だったかな？」ジェッシイが言った。

「そうよ」

「スパイクのところにいられるのかな？」

「しばらくは。でも、その後どうする？」

「いちかばちか、とにかく何かやるとか？」

「いずれはね」サニーが言った。「でも、まだそれには早いわ」

「十八なら大丈夫な者もいるぞ」ジェッシイが言った。

「十八歳の中には、もっと大人になる訓練ができている子もいるのよ」

「じゃ、訓練ができるまでどうする？」

「そうねえ、両親はこれからもずっとお金を送ってくれるし」

「確か、恐喝によって」

「その通りよ。だから、あてにできるわね」

「恐怖は役に立つ」

「それに、都合のいいことに、あの人たちは、あまりにも世間体を気にするために悪事を働いてしまった」

「今では、それを利用して彼らに良いことをさせることができる」

「そうなの」

「プラス、刑事訴追の恐怖」とジェッシイ。

「その通り」

「でも、ただスパイクと一緒に暮らして、送られてくるお金で生活するわけにもいかないわ」

「そうだね」

「じゃ、私たち、どうしたらいい？」

「私たち？」

「もちろん〝私たち〟に決まってるわ。あなたは警察署長だもの」

「重荷だ」

「それに、私の特別に大事な友だち」

「それほどの重荷ではないな」

「で、どうしたらいい？」

ジェッシイはしばらく黙っていた。

それから、言った。「わからない」

「私もよ」サニーが言った。

63

ヒーリイもリコーリもボブ・デイヴィスがどこにいるか知らなかった。

「やつは犯罪者リストにも載ってないんだ」ヒーリイが電話口で言った。「やつがレジーのところに長くいたことは知っている。しかし、逮捕の記録さえないんだ」

ジェッシイは電話を切って、両足を机の上に載せた。ここで一杯やったら、うまいだろうな。彼は〈ボンド・オブ・リニューアル〉の件でサニーを助けたことを嬉しく思っていた。どういう処分が下されるにせよ、〈リニューアル〉はなくなる。町のお偉方も喜ぶだろう。おかしなことに、悲しいときより幸せなときのほうが飲みたくなる。たぶん、サニーの言ってたことは当たっているんだろう。たぶん、俺はアルコール中毒じゃない。ただ酒を楽しんでいるだけなのだ。バンバン・ツインズに会って酔いつぶれたときを除けば。たぶん、不幸せなときだけアルコールに依存してしまうのだろう。

彼は、ひとり微笑むと、首を振った。〝俺が飲むのは、次の二つの状況のときだけだ。幸せなときと、そうでないとき〟。ボブ・デイヴィスは長い間、レジーのところにいた。悪党だが、忠義者でもあった。レイ・マリガンも同じだ。そして、彼はデイヴィスと親しかった。双子がデイヴィスの貞節を奪おうとしたことを彼に語ったほどだ。

ジェッシイは足をおろして、椅子を前に傾けた。机の上のカレンダーを見た。そこに殴り書きされている中に、レイ・マリガンの電話番号があった。ダイヤルした。

マリガンが電話に出ると、彼は言った。「ジェッシイ・ストーンだ」

「何だ？」

「ボブ・デイヴィスがどこにいるか知らないか？」ジェッシイが言った。

「バカなこと言わないでくれ」マリガンが言った。「『やあ、元気かい、レイ？』もなければ、『調子はどうかね？』もない」

「で、知ってるのか？」

「どうして俺がボブ・デイヴィスの居場所を知ってるんだ？」

「お前はやつと同じタイプの男だし、同じタイプの仕事をしていた。それに、長い間隣に住んでいた」

しばらく、マリガンの側に沈黙があった。

それから、彼が言った。「もし俺がボブの居場所を知っていたとして、あんたのもくろみは？」

「会いたいんだ」

「なぜ？」

「ノッコがなぜああいうことになったのか、突き止めようとしている」

「電話番号がわかるかもしれない」

「直接会ったほうがうまくいくんだが」

「そうだな」

「裏はない。やつを追っているんじゃないんだ。俺の知る限り、やつは罪を犯していないからな」

マリガンが短く笑った。

「今俺の知ってる限りはだ」

「もちろん」

マリガンがまたしばらく黙った。

「あんたは正々堂々とした男だ。約束できるか。もし俺がやつの居場所を知っていて、あんたに会わせたら、やつは会いに来たときと同じように自由に帰れると」

「約束する」

またもや沈黙。

それから、マリガンが言った。「あとで電話する」

64

スーツケース・シンプソンが、詰所で会議用テーブルに足を載せ、コーヒーを飲みながら新聞を読んでいると、ジェッシイが入ってきた。

「スーツ」彼が言った。「ノーミー・サレルノを訊問するから、しょっぴいて拘束してくれ」

「レジー・ガレンのところで働いているやつですか？」スーツが言った。

「そうだ」

「大男で、ウエイトリフティングをやってるやつ」

「仲間を連れて行け」ジェッシイが言った。「ノーミーは、おとなしくやって来ないかもしれない」

「あんたはどこにいるんですか？」スーツが言った。

「俺は署長だ。騒動には関わらないようにする」

スーツがうなずいて言った。

「特に、おとなしくやって来ないかもしれない猿と騒動が起きるときは」

「ボスに不敬なことを言ってはいけない」

「どのくらいやつを拘束できると思いますか？」スーツが言った。「レジーのところで働いているんだから、やつをここに連れて来る頃には、弁護士がついているでしょう」ジェッシイが言った。

「やつを拘束したことをレジーが知らなければ、そんなことはない」

「一人でいるところを捕まえるまで、あとをつけて回るんですか？」

「午後はある女と過ごしているはずだ」

「どうして知ってるんですか？」

「犯罪と闘ってきた長年の経験だな」

「それに、署長だからでしょう」

「それに、彼女が教えてくれた」

「誰なんです、その女は？」

「名前はナタリア」

「ナタリアという女性は誰も知らないな」

「知らないはずだ」

ジェッシイは彼に紙切れを渡した。

「ここに住所が書いてある」

「その女もしょっぴくのですか？」

「いや」

「彼女は俺たちが来るのを知ってるんですか？」

「ああ」ジェッシイが言った。「今朝、彼女と話をした」

「俺にはよくわからないことが進んでるんですね」スーツが言った。

「そうだ」ジェッシイが言った。「いいから、彼を捕まえて、俺が戻って来るまで拘束していろ」

「署長はどこへ？」

「ある男と話がある」

「誰ですか？」

「いろいろと話してくれるかもしれない男だ」

「俺がその男のところに行って話をしてもいいですよ。署長がウェイトリフターをしょっぴいてくればいい。仕事はきちんと行なわれなければならないでしょう」

ジェッシイがニヤリとした。

「俺はお前に全幅の信頼を置いている、スーツ」彼が言った。「俺が帰って来るまで、ノーミーを拘束していろ。ただし、やつを誰にも見られてはいけない。やつがここにいることを誰にも知られてはいけない」

「もし何らかの理由で知られて、弁護士が現われたら、どうします？」スーツが言った。

「その男は何とかごまかしておけ」

「女の弁護士でも」

「両方来てもだ」

65

ジェッシイは、リヴィア・ビーチのあずまやのベンチに座っているボブ・デイヴィスに会った。灰色の雲が空を覆い、パラパラと雨を降らせていた。潮は高く、黒い波があずまやの近くで泡となって砕けている。季節外れの風が海から吹き寄せ、長い浜辺には、犬を連れた女を除き、人影がなかった。女がボールを投げた。犬が追いかけた。

「会ってくれてありがたい」ジェッシイは腰を下ろすと言った。

デイヴィスがうなずいた。黄褐色のレインコートを着て襟を立てている。

「用事は何ですかね?」デイヴィスが言った。

「誰がペトロフ・オグノフスキーを殺し、誰がノッコを殺したか知りたい」

「盗聴器は持ってませんね?」

「持ってない」

「ボディチェックしても?」

「かまわない」

ジェッシイは立って、腰の銃を取り、右手に持たせてから、両手を頭上に挙げた。

「さあ、チェックしろ」彼が言った。

デイヴィスが注意深く彼のそばに寄った。終わると、ジェッシイは銃を腰に戻し、再び座った。

「では、パラダイス・ネックのことを話してくれ」

「俺がここで話すことは、ここだけのことですよ」

ジェッシイがうなずいて言った。

「たとえ、あんたが二人を殺したと言っても、あんたはこのまま帰れる。そして、明日から俺はあんたを探し始める。そうでなければ、あんたは二度と俺に会うことはない」

「俺はやってませんよ」デイヴィスが言った。「それから、あんたがレジーを追いつめる手助けはしない。彼との付き合いは長いんだ。借りがある」

ジェッシイがうなずいた。

「あんたは何を知ってるんです？」デイヴィスが言った。

「はっきりわかっていることはあまりない」ジェッシイが言った。「しかし、二人ともノーミー・サレルノが殺したと思っている」

デイヴィスが肩をすくめた。

「実際に引き金を引いたのは、やつだ」彼が言った。

「そして、ノッコを殺した」

「やつはノッコにも引き金を引いた」デイヴィスが言った。

「誰が命令したんだ？」

デイヴィスは、ボールを追いかけている犬を見ていた。

「かっこいい犬だな」

「レジーが命令したと受け取るぞ」

「犬が好きなんだ。飼うチャンスはなかったけどな」

「なぜレジーは命令したんだ？」

「双子の妻については、どんなことを知ってますか？」

「たっぷりと」

「二人は、あんたにもちょっかいを出したんですか？」

「ああ」

「ある種の病気だよ」

「そうだな」

「ところで、俺はこういうことだったと思う。実際に起きたときは知らなかったがね。今でもすべての詳細をはっきり知っているわけではないが、おおよその見当はついている」

ジェッシイがうなずいた。

「二人はピーティと例のゲームをしていた」ディヴィスが言った。「ピーティはいいやつだが、バカだ。セックスを楽しんでればいいものを、一財産作ろうと考えた。二人を恐喝しようとした」

「どんな恐喝だ？」

「それはわからない。思うに、証拠を握っていたんじゃないですか。写真とかテープレコーダーのようなもの。ちょっと計画を立てれば、簡単に取り付けられる」

「簡単だ」ジェッシイが言った。「で、やつは双子のところへ行ったのか？」

「いや。ノッコとレジーのところへ行った」

ジェッシイは待った。

「それで、俺のきいたところでは、ノッコは混乱した。ピーティを生かしておけないと思った。しかし、ピーティがレジーの子分だということを知っていたから、話を通さずには殺したくなかった」

「そこで、彼が話を通すと、レジーは自分が始末すると言った」ジェッシイが続けた。

「そういうことです」デイヴィスが言った。「しかし、レジーは俺には何も言わなかった。なぜかはわからない。ばつが悪かったからか？　俺がピーティを気に入ってることを知っていたからか？　俺に仲間の一人を殺すように頼みたくなかったからなのか？」

「彼は双子のことを知っていたと思うか？」ジェッシイがきいた。

「ああ」デイヴィスが言った。「知ってました。双子は、ピーティとままごと遊びをしながら、彼ともままごと遊びをしていた」

「ちょっと危険だな」

「たぶん、だからやったんです」

「おそらく」

「俺には難しすぎる状況だった」デイヴィスが言った。「だから、誰がピーティを殺したのか知らなかった。他の者も知らないようだったし、気にしている様子もなかった。そして……人生は続く」

「ノッコの場合は？」ジェッシイがきいた。

「ノッコは大いに気にしたと思いますよ。たぶん、妻がピーティのような下っ端の殺し屋とやったことに相当腹を立てていたはずだ」

「バンバン・ツインズのことを知らなかったのか？」

「知らなかったと思う」

「妻はずっと貞淑だと思っていたんだな」

デイヴィスがうなずいた。

「かわいそうなやつですよ」彼が言った。「ショックを乗り越えられなかった。妻を殴るようになった」

「ピーティと浮気をしたからか？」

「そうだ」

「それで、彼女は姉に話し、姉はレジーに話し……」

デイヴィスがうなずいた。

「レジーが、ノッコを生かしておけないと俺に言った。で、俺は言ったんです。『ノッコを殺す？あんたたちはずっと友だちだったじゃないですか』。そうしたらレジーが言ったんですよ。『やつは、妻の妹を殴りつけているんだ。二人とも、やつに死んでもらいたがっている』。そこで、俺が『レイ・マリガンはどうするんです？』と言うと、レジーが『レイのことは心配するな。レイはもういない』と」

「双子が辞めさせるように仕向けたんだな」ジェッシイが言った。

「とにかく、俺が『それはおかしいですよ。彼女を追い出せばすむことじゃないですか』と言うと、レジーが『お前がやれ、いなやら、他の者にやらせる』と言ったんです。それで、『誰に？』ときくと、『ノーミー』ということだった。俺は言ったんです。『ノーミーは口が軽い』。するとレジーは『わかってる。だが、ピーティのときはうまくやった』と言った」

「相手がこっちを友だちだと思っていれば、いとも簡単だ」ジェッシイが言った。

「そう」デイヴィスが言った。「実際、簡単だった。二人とも。ただノーミーにとって難しいのは、そのあとで黙っていることなんだ」

「やつは黙っていなかった」

「そうか。じゃ、自業自得だな」

「俺は、あいつらをみんな捕まえるつもりだ」ジェッシイが言った。「だが、ノーミーから情報を引き出してやる。あんたの情報は使わない」

デイヴィスがうなずいた。

「俺は言ったんです」デイヴィスが言った。「『あの二人の女はあんたの人生を操っている。トラブルを引き起こしますよ』ってね。そうしたら彼は言った。『ボビー、お前に女房のことをそんなふうに言われたくない』……かわいそうに、あの男は今ではどっちが自分の女房かわからないんじゃないかな……それで俺は言った。『レジー、あんたはペニスでものを考えてる』。結局、『お前はくびだ』と言われてしまった。というわけで、俺は出てきたんです」

二人は黙って、女と犬を見ていた。犬は波と遊んでいた。波が引くと追いかけ、寄せるとすばやく後ずさった。

「なぜこういうことをみんな話してくれたんだね?」ジェッシイがきいた。

「ノーミーが引き金を引いた」デイヴィスが言った。「たぶん、レジーが命じたんでしょう。だが、本当に罪を犯したのは、あのニンフたちだ」

「それを俺に知ってもらいたかった」ジェッシイが言った。

「そうなんだろうな」

「これからどうする?」ジェッシイが言った。

「二、三匹犬を飼うかもしれない」デイヴィスが言った。

66

ジェッシイは、巨体を隅の椅子に押し込んでいるニコラス・オグノフスキーと一緒に署長室にいた。スーツとエディ・コックスがノーミーを連れてきた。額の片側に血のようなミミズ腫れがあった。

「頭をぶつけたんです。パトカーに乗り込むときに」

「このことは、俺の弁護士があとで尋ねるからな」ノーミーが言った。

彼は、黙って微動だにしないオグノフスキーをじろじろ見た。

「座れ」ジェッシイが言った。

スーツが椅子に誘導し、ノーミーは座った。スーツは戸口の側柱のところに行って寄りかかった。

「俺はここに必要ですか、ジェッシイ」コックスがきいた。

ジェッシイが首を振り、コックスは出て行った。

「この男は誰だ」ノーミーがそう言って、オグノフスキーのほうに顎をしゃくった。

ジェッシイは机の引き出しからテープレコーダーを取り出し、ノーミーの前に置いた。

「これは何だよ」ノーミーが言った。「俺が供述するとでも思ってるのか?」

ジェッシイが再生ボタンを押し、ナタリア・オグノフスキーのテープが回りだした。ノーミーは、それが何なのか、理解するのに少し時間がかかった。わかると、麻痺したように見えた。テープは無情にも陳腐な会話を流し続けている。

『俺は誰かを、誰かを二人も、この町で殺したんだぜ』

『パラダイスで?』

『その通りさ。たぶん、新聞で読んだと思うぜ』

『パラダイス・ネックの二人の男のこと?』

『ビンゴ』

『そんなこと信じないわ』

『オグノフスキーと』ノーミーが言っていた。『モイニハンだ』

部屋の隅で、オグノフスキーがため息のような音を立てた。ジェッシイは彼に向けて片手を挙げた。

ノーミーは椅子の中で小さくなったように見えた。

「証拠を握ってるんだ、ノーミー」ジェッシイが言った。

「あの嘘つき女め」ノーミーが言った。

「彼女はペトロフ・オグノフスキーの未亡人だ」

「何だと」

「それから、隅に居る大きな紳士は、ペトロフ・オグノフスキーの父親だ」

「ここで何してんだ?」

「ここに来たのは」ニコラス・オグノフスキーが言った。「俺の息子を殺した男を見るためだ」

彼の声は、地獄から響いてくるように聞こえた。

「もう一度会うことがあれば」ニコラスが言った。「俺には、こいつだとわかる」

「俺はただ命令に従っただけだ」ノーミーが言った。

「そのことを話せば、少しはお前を助けられるかもしれない」ジェッシイが言った。

「密告なんかできるか」

「なぜできない？」

「やつらが俺を殺すだろう？」

「誰が？」

「刑務所で、やつらが密告者に何をするか知ってんだろう」

「罪を被りたいのか？」

「俺は命令されたことをやっただけだ」

「陪審員はそういうのが好きなんだ。誰かがお前にやれと命じたから、二人の人間を殺したっていうのがさ。俺の想像じゃ、終身刑で仮釈放なし」

ノーミーが首を振った。

小声で言った。「弁護士を要求する」

ジェッシイはオグノフスキーをチラッと見た。それから、振り返ってノーミーを見た。

「弁護士は必要ないよ。お前は自由だ」ジェッシイが言った。

「えっ？」

「お前は自由だ。すぐ出て行け」

「俺を逮捕しないのか？」

「しない」ジェッシイが言った。「散歩でもしろ」

彼は注意深く立ち上がった。まるで病気の回復途上にあるかのように。部屋の隅でオグノフスキーが立ち上がった。ノーミーが彼をチラッと見た。

「やつは何をしている？」ノーミーが言った。

「彼も帰るところじゃないかな」

ノーミーがドアに向かって一歩踏み出した。オグノフスキーが続いた。ノーミーが立ち止まった。

オグノフスキーを見、それからジェッシイを見た。

「俺とやつを一緒に帰らせるつもりなのか？」

「もちろん」ジェッシイが言った。

「俺……あんたには、そんなことできないはずだ」

「もちろん、できる」ジェッシイが言った。

「やつは……やつは……何てことだ、俺は銃も持っていないんだぜ」

「俺はそんなくだらない戯言に興味はない。レジーと双子を裏切れ。そうすれば、ここに置いてやる。いやなら、ミスター・オグノフスキーと一緒に夕日の中へ去って行け」

オグノフスキーは、今ではノーミーの隣に立っている。署長室のほとんどを占めているように見えた。彼の汗と、昼に食べた何かの強い臭いがした。ノーミーは彼を見なかった。ジェッシイには、はっきりわからなかった——それは、ただの呼吸音だったかもしれない。しかし、オグノフスキーの胸の奥深くから沸き上がってくる低いうなり声のように聞こえた。

ノーミーは、引き返してジェッシイの机のところに戻ってくると、椅子に座った。

「何が知りたい？」

67

ジェッシイはサニーの大きな天蓋付きのベッドで、もたせかけてある枕に頭を押し付けて寝ていた。サニーが横に寝ている。ジェッシイはスコッチ・アンド・ソーダを、サニーはギムレットを飲んだ。二人とも裸だった。

「レジーの尻尾を摑んだ。それからノーミーも」ジェッシイが言った。「しかし、地方検事補は、バンバン・ツインズは立件できないだろうと言っている」

「本当？」サニーが言った。「事前従犯か事後従犯でも？」

「二人は全部否認している。その上、レジーが二人は関与していないと言ってるんだ」

「ノーミーは？」

「二人の関与について彼が知ってることは、すべて噂だ」

「双子のセックスライフはどうなの？」

「姦通は今ではほとんど起訴されない」

「あの二人がしていることを姦通っていうの？　第二次大戦を暴行と呼ぶようなものだわ」

「レジーは、二人はすべての悪事について無罪だと言ってる。レベッカは模範的な妻だし、ロベルタは優しい義理の妹だとさ」

「地方検事補は、二人を裏切るような、うまい取引を持ち出さないの？」

「するさ。でも、彼は食いつかないだろう」

「じゃ、バンバン・ツインズは自由に、好きなところで、自分たちの商売に励めるわけね」

「そうだな」

「でも、すべての原因は二人だったという可能性はとっても高いわね」

「ああ、とっても高い」

「それでも、無罪放免なのね」

「もっとも、ペトロフ・オグノフスキーの父親と未亡人は、二人のことを知ってるがね」

サニーがギムレットをすすり、グラスの縁越しにジェッシイを見た。

「あなたが話したのね」

「ああ、話した」

「まあ」

「たぶん、いろんなタイプの正義があるんだ」

サニーは彼をじっと見つめた。それから、グラスを置き、転がって彼の上に乗った。

「あなたって本当に怖い人ね。ときどきだけど」

「そして、ときどき怖くない」

彼はグラスをベッド脇のテーブルに置いて、彼女に腕を回した。

サニーが彼にキスをした。

サニーのキスが終わると、ジェッシイが言った。「俺たち、今やったばかりじゃなかったか？」

「そうよ。でも、あなたは立派な男だからもう一度できると思うわ」

「なぜそう思うんだい？」

「証拠があると思うけど」

「いじってみるべきだな」

二人は愛し合った。

終わると、息がおさまる間、サニーは頭をジェッシイの胸に載せて横たわっていた。

しばらくしてサニーが言った。「ちょっとしたステキな間奏曲だったわ」

「そうだな。でも、ちょっとしたという言葉には反対だ」

サニーが顔を彼の胸にこすりつけて、クスクス笑った。

「今、クスクス笑った？」ジェッシイがきいた。

「ええ」

「クスクス笑いをしたことがなかったのに」

「今はするの」

ジェッシイが起きて、二人にもう一杯ずつ作った。

「シェリル・デマルコの件は、進展したのか？」ベッドに戻ってくると、彼がきいた。

サニーがニッコリした。

「スパイクが、ハンプトン・カレッジの入学試験事務局長とセックスをしたんですって」

「で、シェリルがそこに入学できそうに思ったのか？」

「そうなの」

「それも一つの解決策だな」

「スパイクが言うには、彼女は大学で暮らし、休日や週末に訪ねてくればいいって」

「これはもう決定したの？」

「いいえ。でもスパイクは金曜日の夜にその男とデートするから、その時に決着をつけてくるそうよ」

「きっと興味深い経験だろうな」ジェッシイが言った。「デートしているスパイクか」

「あなたも私も知らない世界ね」

サニーが新しいギムレットを飲んだ。

「今夜は、確か、二度もあなたとやったわね。で、あなたとディックスがどんな話をしたか知りたいわ」

「バンバン・ツインズのことで？」

「ええ」

ジェッシイは深く息を吸い吐き出すと、彼女に話してきかせた。

「うわあ」彼が話し終わると、サニーが言った。「私たちペアじゃないこと？」

「君にはコントロールを避けることが必要だ。ところが、俺にはコントロールが必要なんだ」

「ちょっとミスマッチね」

ジェッシイがうなずいた。

「それでも、やっていけそうよ」とサニー。

「それに、たぶん、俺たちは自分が必要なものを変えることができる」

「たぶんね」

「たぶん、俺たち愛し合っているんだ」

「たぶんね」

「たぶん、愛し合っているという前提で先に進むべきだな」

「私もそう思うわ」

ジェッシイが片手を挙げた。サニーが彼にハイファイブした。

「次のステップは？」ジェッシイが言った。

「中華料理を注文すべきだと思うわ」サニーが言った。

「何て縁起のいいスタートだ」ジェッシイが言った。

あとがき――ロバート・B・パーカーよ、さようなら

このところしばらく平穏だったパラダイス署に私立探偵サニー・ランドルが訪れてくる。町にある〈リニューアル〉という宗教団体のことを尋ねたいという。この団体はキリスト教創設当時の意図を再生することを教義としている。特に過激な活動をするとか、町民に迷惑をかけるわけではない。だが新興宗教というのは何となくいかがわしいので町民は嫌っていて、ほとんど接触はしないし、出来れば追い出したいと思っている。この教団に入ったシェリル・デマルコという娘を取り戻して欲しいと、両親からランドルが依頼されたのだ。

一方、オグノフスキーという男が自分の自動車の中で射殺されているのを署員が発見。調べてみるとギャングのメンバーで前科数犯。レジー・ガレンというギャングのボスの用心棒をしていた。実はパラダイスの高級住宅地の中、このガレンともう一人のギャングのボス、ノッコ・モイニハンが隣り合わせて住んでいた。二人とも表向きは犯罪から足を洗ったというふれこみで、今のところ美しい妻と結婚して平穏な市民のように生活している。ジェッシイとしては地雷をかかえているような思いだった。ところが、オグノフスキーに続いて、隣同士のボスのひとり、モイニハンが海岸のベンチで坐って、射殺されているのが見つかる。パラダイス署は二つの殺人事件を同時にかかえて物情騒然たる雰囲気になる。ガレンとモイニハンは一卵性双生児の姉妹のそれぞれと結婚していた。しかもその姉

妹の親のバングストンたるや建築請負業者の大金持ちだが、とかく悪評のある人物で、また姉妹はバンバン・ツインズというあだ名がついたほどのセックス・マニアでもあった……。

話は戻って〈リニューアル〉教団は、調べてみてもおかしなところはない。シェリルの両親は強制しても連れ戻せないかというが、サニー・ランドルは誘拐の片棒をかつぐことになるから嫌だと断わる。ところがそのシェリルが突然教団から姿を消してしまう。監禁場所をつきとめたサニーは友人のタフ・ガイ、スパイクの助けを借りて救出に向かう。

殺人犯の捜査の方は州警察の支援を得て進むが、きめての確証があがらない。ところが殺されたオグノフスキーの遺族がとんでもない行動に出る……。

ロバート・B・パーカーといえば、スペンサー・シリーズがあまりにも有名だが、このジェッシイ・ストーン・シリーズもファンが多い。ことに並べて読むとあまりにも対照的で、同じ作家が書いたとは思えないくらいだ。パーカーとしては自分の筆力を誇示したいというより、作家としての内的衝動が書かせたのだろう。スペンサーが陽なら、ジェッシイは陰。スペンサーは一匹狼で、読者の手に汗をにぎらせるスリルをくぐり抜けながら格好よく事件を解決していく。ジェッシイの方はエド・マクベインの八七分署シリーズと同じように、部下の署員たちと共同して地道な捜査を積み重ねて犯人を追及していく。

そうした犯人追及というミステリーの本筋とならんで二つの作品を彩るのはラブ・アフェア。スペンサーの方は恋人スーザン・シルヴァマンとの関係は実に粋で陽気。その仲の好さは読者をうっとりさせる。それがまたスペンサー・シリーズのたまらない魅力になっている。ところがジェッシイと元妻ジェンの仲はねじれていて、離婚をしたものの腐れ縁的に男女の仲が続き、ジェッシイは手を切るか切らないかで悩み続ける。その葛藤の心理描写がこのシリーズの大きな特徴になっている。だいたいハードボイルドの主人公はタフで、そのことでくよくよ悩んだりしてはならないのだ。主人公がカウンセラーの御世話になるハードボイルドなど他にないだろう。

　そうしたことから、このジェッシイ・シリーズははじめから読まないと（はじめを知らないと）、面白さがわかり難い面がある。

　サンフランシスコの辣腕刑事だったジェッシイは、超美人のジェンと結婚する。ところが仲が好いのにジェンは浮気をする。それを悩んでジェッシイはアルコール漬けになり、刑事の職を棒に振ってしまう。失業したジェッシイに、ボストン近くの海岸町パラダイスの署長というポストが舞いこむ。心機一転、新しい人生を送る決心をしたジェッシイは、ジェンと離婚して、西海岸サンフランシスコから東海岸パラダイスまでアメリカ大陸を車で単独横断旅行をするのがシリーズの始まり。（『暗夜を渉《わた》る』）。

　酔いどれを署長に選ぶというのは地元のボスたちのたくらみがあってのことだが、アルコールを断ったジェッシイは、本領を発揮して大活躍。腐敗したボスを一掃して名署長になる。それだけなら御家安泰なのだが、こともあろうに、別れたジェンが東海岸まで追っかけてくるのだ。しかし、放送界で出世したい強い願望をもつジェンは、ポスト獲得のためなら必要な男と寝るのをいとわない。つかず離れずの仲が続くうちに、ジェッシイの方も数人の新しい恋人が出来るが、ジェンのことがあるため、そうした女性達と結婚にふみ切れない。本書にちょっと出てくるリタ・フィオーレ（32章）もそのひとりだった。

　ジェッシイも遂に泥沼状態から脱け出そうと決心。さて、これからどうなるだろうと気をもむ読者の前に現われたのが、本書の冒頭から出てくるサニー・ランドルなのだ。実はパーカーは〈スペンサー〉、〈ジェッシイ〉シリーズの他に女探偵サニー・ランドルのシリーズも書いていた。そのサニーを本シリーズに登場させて副主人公にもって来たのだ（以前、『秘められた貌』ではストーカーにまとわりつかれたジェンをサニー・ランドルが守ったことがある。だからサニーはジェッシイとジェンの微妙な関係を知りぬいている）。

　ジェッシイは、以前ランドルに会うと一目惚れをして、ビバリーヒルズの高級ブティックの更衣室でセックスをした仲。しかしランドルもリッチーという元夫と、離婚したものの縁が切りきれないでいた（その点がジェッシイに似ている）。そのため二人の仲は進展しなかったが、本書ではサニーが、別れた夫のリッチーと新しい妻との間に子供が生まれたことを知り、リッチーときっぱり別れる決心をする。それぞれ前の妻と夫との仲を清算しきれなかった男女なのだ、そうした状態が解消されれば、憎からず思う二人がなるようになるのは自然の道理。

　かくて警察署長ジェッシイと私立探偵ランドルが晴れて一緒になり、めでたしめでたしということになりそうであった。新しい人生を迎えた二人がコンビを結んでこのシリーズに新風を吹き込むだろうと期待された。そうしたところまで行ったのに作者であるロバート・B・パーカー自身が突然死んでしまった。そのため本書がシリーズ最後の本になったが、後味のよい点で掉尾を飾るのにふさわしいものになったかもしれない。それにしても読者ならずともシリーズの訳者としても残念で、心にぽっかりと空白が出来たようである。

二〇一〇年十月

訳者略歴　1931年生，早稲田大学大学院法律科修了，弁護士・著述業　著書『日本のワイン』『ワインの女王　ボルドー』訳書『夜も昼も』ロバート・B・パーカー，『最後の旋律』エド・マクベイン，『ワインの帝王ロバート・パーカーが薦める世界のベスト・バリューワイン』ロバート・M・パーカーJr.（監訳），『マティーニ』バーナビー・コンラッド三世（以上早川書房刊）他多数

暁《あかつき》に立《た》つ

2010年12月10日　初版印刷
2010年12月15日　初版発行

著　者　ロバート・B・パーカー
訳　者　山《やま》　本《もと》　博《ひろし》
発行者　早　川　浩

発行所　株式会社　早川書房
東京都千代田区神田多町2-2
電話　03-3252-3111（大代表）
振替　00160-3-47799
http://www.hayakawa-online.co.jp

印刷所　株式会社亨有堂印刷所
製本所　大口製本印刷株式会社

定価はカバーに表示してあります
ISBN978-4-15-209177-2　C0097
Printed and bound in Japan
乱丁・落丁本は小社制作部宛お送り下さい。
送料小社負担にてお取りかえいたします。

ハヤカワ・ノヴェルズ

夜も昼も

Night and Day

ロバート・B・パーカー

山本 博訳

46判上製

校長による女生徒の下着検査、スワッピング・クラブ、エスカレートするのぞき……パラダイス警察に持ち込まれる数々のトラブル。凶悪犯罪ではないものの、力弱い女性や子どもを軽んじ、辱めるこれらの事件をジェッシイはいかに捌くのか？男の弱さと熱き警官魂をあわせ持つ警察署長ジェッシイ・ストーンの活躍を描くシリーズ注目作